English
Romantic Poetry

———

明亮的星，
但願我如你的堅定

———

英國浪漫詩選

彭斯、布雷克、華茲華斯、柯立芝、拜倫、雪萊、濟慈──著
董恒秀──選譯、導讀

目次

以想像之眼，縱橫天地，
摘取不可能的星

月亮對雲說：「那天我接到你捎來的詩行，讀來像
一個擁抱，我的心曇花地開了一夜的溫柔。」雲笑了，
滿臉芬芳，淨香清清泛開在夜空。

這是想像的真實而非現實的真實，但我們感覺到其
抒情，甚至是浪漫，因為有雲、有月、有詩、有夜空、
有曇花、有花香、有愛情。當然還有一般視為很浪漫
的，比方送情人 999 朵玫瑰。現實生活多的是傷心與愁
苦，有了浪漫，讓我們快慰，逸出現實的繁瑣與殘酷。

這是我們對浪漫的普遍認知，不過，浪漫主義的發
生事實上與革命息息相關──政治革命、工業革命與文
學主張的革命。文學上的革命呈現了法國小說家雨果所
稱「文學的自由主義」，也就是：將藝術家從新古典主
義的束縛與規矩中解放出來，並掀起由革命性政治思想
所鼓舞的個人主義。這樣的自由主義、個人主義也形塑
了往後民主世界的基本核心態度。

浪漫與動盪

　　一般文學史對英國浪漫主義時期的界定，是始於1798年〔這一年，華茲華斯（William Wordsworth）與柯立芝（Samuel Taylor Coleridge）共同出版了《抒情歌謠集》（*Lyrical Ballads*）〕，結束於1832年，這一年，詩人暨歷史小說家華特・史考特（Sir Walter Scott）過世，同時浪漫時期主要大將多已過世或創作量大減，而英國的《選舉法修正法案》（*the Reform Bill*）也在這一年通過。

　　此時期的英國，不管在政治、經濟與社會都經歷了極大的動盪。1769年，英國人瓦特改良了蒸汽機，自此經由一系列的技術革命，將手工勞動與獸力的農業社會帶向以機器動力生產的工業社會。這種生產方式的巨大變革，也瓦解了千年來極少變化的社會結構。

　　過去農業社會財富與權力集中在擁有土地的貴族，工業革命後產生了擁有資本的資本家，新興的資本家逐步取代了貴族的政經地位。同一時間，許多農民因圈地政策加之機器取代手工勞動，失去土地與失業，因此大量遷移到城市，成為工廠裡的勞工，工人階層於是漸漸形成。自此，階級的對立不再是貴族與農民，而是資本家與工人。這段期間，政治中樞也為了因應工業時代全新的經濟與社會現實，通過了《選舉法修正法案》。此一法案的頒布實施，亦標誌了維多利亞時代的來臨。

　　農村居民遷移到大城，淪為社會底層的悲慘命運，

可從獨樹一格的浪漫詩歌先行者也是老倫敦人的布雷克（William Blake）〈倫敦〉一詩中窺見：

> 我漫步行經每條特許的街，
> 就在特許的泰晤士河近旁。
> 在遇見的每張臉我注意到
> 虛弱的線痕，傷痛的線痕。
>
> 在每個人的呼喊聲中，
> 在每個嬰兒恐懼的哭喊裡，
> 在每個聲音、每個禁令中，
> 我聽到內心鍛造的鐐銬……

新天地來臨前的崩碎

當時的國際政治局勢亦風起雲湧。先有1776年美國的獨立戰爭，繼之是1789年影響更全面，標舉自由、平等、博愛的法國大革命。英國浪漫時期主要詩人無一不受法國大革命的影響。不過，統治階層面對革命意識形態的輸入與流傳，採取的手段是打為異端、進行掃蕩，並對傳統自由派加以壓制。

《諾頓英國文學選集》（*The Norton Anthology of English Literature*）關於浪漫詩歌的介紹裡指出，當時年輕的詩人們對法國大革命所懷抱的熱情，被視為與《聖經·啟

示錄》裡重返伊甸園至福的預言有關，也就是先有千年國，繼之是永恆的新天新地，而此一歷史的完成，表現在羔羊基督與新耶路撒冷婚娶的象徵上。

法國大革命爆發之際，當時唯一神教派的牧師們與科學家普里斯特利（Joseph Priestley）欣喜萬分，將之視為千年國來臨前的序曲，而華茲華斯與柯立芝的早期詩作，亦將法國大革命視為福音預言的新天新地臨來前一個崩碎的開場。

文選裡更進一步指出，由於法國大革命最後變質，並導致王權復辟，讓原先希望藉由政治革命手段抵達千年國的詩人們大受打擊，為了挽救天啟希望於倒懸，他們賦予此一婚娶新的詮釋，也就是從原先的政治革命轉向精神革命，強調以想像之眼全新的觀看具現啟示錄裡的新天新地於個己的生命，前提是想像的心量必須超越感官，以及依感官而有的理解力的侷限。也因此，羔羊基督與新耶路撒冷的婚娶，轉換為心靈與外在自然的結合，而此一結合成就新天新地。

華茲華斯在〈隱遁者概述〉（Prospectus to the Recluse）一詩裡說，天堂可以重新獲得，不過不是藉由羔羊基督與新耶路撒冷的婚娶，而是經由「人的智慧」與「這個美好宇宙」的結合。而以此主題創作，最具代表性的詩篇是布雷克的〈法國大革命〉（The French Revolution），以及雪萊（Percy Bysshe Shelley）的詩劇〈解放的普羅米

修斯〉（Prometheus Unbound）。在這部詩劇裡，代表人類原型的普羅米修斯，其道德觀的整個改頭換面解放了想像的能量，因而得以觀想並實現一個新生的世界。詩劇第四幕以整個宇宙參與婚禮的方式象徵此一事件。

　　布雷克與雪萊也同時被稱為「靈視詩人」（the visionary poet）。"vision"在這裡是指對未來理想世界的願景，此一願景充滿個人獨具的想像與洞見，而非不著邊際的空想，是可以進一步予以落實的，雖然無法完全實現，但可趨近。布雷克在他龐大的預言詩篇裡建構了屬於自己的宗教神話體系，是靈視詩人的箇中代表。

寧靜使自然之晶呈現

　　除了聖經預言因素外，法國大革命爆開裂解了舊秩序，自由民主新鮮而出，空氣中瀰漫著一切都有可能的新時代來臨的氣息。在這樣一個轉變的契機，華茲華斯與柯立芝以詩人的直覺與熱情把握了新時代的脈動，因而有1798年開啟浪漫詩歌序幕的《抒情歌謠集》的創生。

　　1800年，華茲華斯於再版的具名詩集新增了一篇歌謠序，提出「所有好詩都是強烈情感的自發性湧現，此一湧現源自於寧靜裡情感的回憶」的文學主張。因為寧靜使情感之晶呈現，昇華出價值，自然流露出詩的高度與深刻。

　　此說法為浪漫主義詩歌定下基調。他在序裡將詩在

人類裡的性質清澈出來，指出詩不是裝飾與配角，而是生命之歌，於史詩於抒情皆然。並將詩人的地位恢復到"poet"這個字的原意，也就是創造者。

華茲華斯亦同時一舉打破詩歌類型、主題與措辭的傳統階層體系，描寫平凡人，用他們的語言，呈現平凡中的不平凡。他這樣做並非為了標新立異，而是想突顯人在某一時空下存在的真實，以素樸自然新鮮直接的語言表現書寫對象的特質，同時流露出自己的情感、觀看或批判。

散文大家威廉‧海茲利特（William Hazlitt）說，華茲華斯在文學上掀起的這般革命所引起的作用，等同於法國革命在政治與社會上造成的影響。華茲華斯寫社會底層的小人物，像是牧羊人麥可，讀來令人動容，還有〈決心與自主〉裡以捉水蛭賣錢維生、浪跡天涯，卻有著天然尊嚴的老者：

> 他彎腰傴僂，生命的旅程一路走來，
> 他的頭漸漸往雙腳方向靠近；
> 那模樣好似他曾經在非常久遠以前，
> 遭遇過某種極端痛苦，或劇烈病痛，
> 一個超乎人的重量曾長期壓在他的軀體上。
>
> 他把自己撐起來，將雙手、身體、蒼白的臉，

靠在一根長長灰色削整過的木杖上：

而當我輕輕踩著腳步靠近，

這位老者依然站在沼塘邊上，

像一朵雲般一動也不動⋯⋯

在自然中散步，讓心中的神祕成詩

歌詠自然亦是浪漫詩歌一大特色。詩人們到大自然裡散步，擷拾靈感，讓內心的神祕洶湧成濤、成作品，這與新古典主義師法古人大異其趣。沒有散步，浪漫派詩人難以寫下洶湧或寧靜的散步詩篇。比方濟慈（John Keats）這首〈詠海〉：

總可以聽到海永恆的呢喃圍繞

在荒涼的海岸，還有它洶湧激盪的波濤

浸沒了千千萬萬個岩洞，直到赫凱特的

魔咒使之歸於它們天荒地老的蒼鬱聲。

海的性情通常溫和怡人，

就連最細小的貝殼也可數日不動

小貝殼躺的地方就一直在它落下處，

被上回那陣來自天上的風所吹落。

哦諸位！當你們的眼球煩憂且疲憊，

那就給它們享受海的寬闊；

哦諸位！當你們的耳朵苦於喧囂的折磨

或聽多了旋律而生膩——

那就坐在古老的岩洞旁，沉思冥想，

　　直到驚起，彷彿聽到海妖在歌唱！

　　雖然浪漫詩歌因多詠自然景物而常被視同自然詩歌，不過浪漫文學史家們指出，浪漫詩歌實則是「冥想詩」。浪漫時期的重要長篇詩作，常以自然的某個面向作為思想的引發物（比方華茲華斯的〈廷騰寺〉、柯立芝的〈夜半霜〉、濟慈的〈夜鶯頌〉、雪萊的〈西風頌〉等等），所呈現的景物通常是用以引發情感問題或個人危機，而這種內在狀態的發展與結束構成一首詩的主要面目。因此人心才是其關注之所在。華茲華斯在〈隱遁者概述〉一詩裡開宗明義道出他寫詩的旨趣：

關於人、自然、人類生活，

如是在孤獨中沉思。我常看到

美妙的連續意象在我眼前升起，

伴隨著喜悅、純粹的情感，

或不摻雜可厭的憂愁；

我意識到被感染的思想

與珍貴的回憶，它們的出現撫慰

或昇華心靈，專心致志於衡量

我們道德觀的善與惡。

對這些情感，無論它們起於何處，

不管是來自外在環境的氣息，

或來自靈魂，一種對其自身的刺激，

我都會表達在我無數的詩篇裡。

……

進入我們的心靈，進入人類的心靈——

是我志之所趨，我詩歌的主要範域。

藝術是活生生的有機體

此外，柯立芝的有機體文學批評對後世亦產生深遠影響。柯立芝反對新古典主義的機械形式，也就是將既存的規矩形式強加在文學材料上。他指出，早於新古典主義的莎士比亞，其戲劇作品並不受規矩制約，表現出有機體形式，像植物的生長，由內而發，依靠自身的生長法則，自然長成一個有機的整體，部分同時是目的也是手段，並與整體相互依存。

由於對莎士比亞的推崇，浪漫時期詩人創作了大量莎士比亞體十四行詩與無韻詩（blank verse, 亦稱為素體詩）。統而觀之，浪漫派文學批評視藝術是藝術家的一種表達，一種活生生的有機體，其最高的表現存在於素樸的人們、原始文化與未受人為因素汙染的一些世界形相。濟慈在其〈論十四行詩〉（On the Sonnet）一詩裡曾言：「倘若我們不能讓繆思自由／ 她將被局限在她自己的花

環裡」。

　　如同華茲華斯，柯立芝亦擅長平中見奇，不過他更有志於打破自然律則與事件平常理路的超自然，以期達到驚奇的效果，也因此為詩歌打開了幻術的領域。這類詩歌通常取材自民間傳說、鄉野奇譚與神鬼學，場景大多設在中世紀或東方。在這方面，柯立芝的代表作是〈古舟子之歌〉（The Ancient Mariner），不過他的〈克莉絲塔貝爾〉（Christabel）也是一首傑作，深為阿根廷詩人波赫士所喜愛。詩一開始就營造出詭異的氣氛：

> 城堡裡的鐘聲敲響午夜，
> 夜梟喚醒了啼叫的公雞；
> 嘟—噫！—嘟—呼！
> 聽，又散鳴了！這公雞的啼叫，
> 多麼讓人昏昏欲睡。
> 李歐奈爵士是個富有的男爵，
> 養了一隻無牙的母獒犬；
> 總在她那岩石下的狗窩裡
> 發出叫聲回應鐘響，
> 鐘響一刻叫四聲，鐘響一小時叫十二聲；
> 日復一日永遠如此，不論晴雨，
> 十六聲的短嚎，不是大聲鳴叫；
> 有人說她是看到我們夫人的壽衣。

繼柯立芝之後的濟慈亦擅長此道，他這方面的傑作
是敘事長詩〈聖亞格妮斯節前夕〉（The Eve of St. Agnes），
時間設在中世紀，場景則是在一座城堡，主角是一對年
輕的戀人，兩人在寒冷的冬夜月光清照下，私奔逃進風
雪之中，未知他們最後是以悲劇還是喜劇收場，詩給了
我們開放式的結局。這首詩不論是色彩、聲音、意象，
都讓人喜愛，像一首美的顫慄與空涼：

　　　　他們潛行，像幽靈，進入寬敞的門廳；
　　　　像幽靈，他們潛行，到鐵柱廊；
　　　　守門人不寧地躺臥在那裡，
　　　　一只喝光的酒壺在他身旁；
　　　　警醒的獵犬站起來，搖搖牠的毛皮，
　　　　靈敏的眼睛認出是家裡的熟人：
　　　　門閂輕易地一一滑開；
　　　　鏈條靜躺在被腳踩得磨損的石板上；
　　　　鑰匙轉動，大門的鉸鏈嘎吱呻吟。

　　　　於是他們逃跑了：啊，在那遠古
　　　　一對戀人逃跑進入風雪中。
　　　　那一夜，男爵夢見許多災禍，
　　　　他所有的武士賓客，也被噩夢

久久糾纏，見到了巫婆、鬼怪

和碩大棺材蛆蟲的黑影和形狀。

形容枯槁變形，老安吉拉癱瘓死去，

為施主捻香祈福的老僧，持誦千遍禱告後，

永遠不復被尋求，他亦永眠在他冰冷的灰燼裡。

感受美的深遠，與想像的騰躍

浪漫派詩人亦強調，詩重在傳達感覺與想像的真實。由是訴諸的不是邏輯上的合理性或論理的真實，不在說理、解釋，而是呈現與暗示，讓我們感受美的深遠與活潑想像的騰躍。因此，強烈情感的自發性湧現的剎那，也許是靈魂的睜醒，也許是生命柳暗花明的驚訝，或陽光突破嚴寒的清流，也可以是小小經驗的深刻啟示，與暴風暴雨意義的編織，或只是一種感覺，或精神地獄時刻的又痛苦又清醒。

我們休息。一場夢足以毒害睡眠；

我們甦醒。一個游移的思緒讓白日走樣；

我們感覺，想像或推理，歡笑或哭泣；

緊抱耽溺的悲傷，或拋卻我們的煩憂：

都一樣！因為不論是喜悅或哀傷，

隨時都會離開無法阻擋：

人的昨日不會與他的明日同一個樣；

除了變，萬物無一久留。

——雪萊，〈變〉

同時新思想亦認為，心可藉由想像超越感官知覺，飛向無限，因此可以說詩人以想像之眼，縱橫天地，摘取不可能的星。由是他們無法滿足人情世態的小天地，而是向無窮世界的大開闊追尋而去，但同時也以詩的劍砍向自己深度的黑暗，以涵蓋上揚與墜落更全面主體存在的可能。浪漫時期主要詩人的長篇詩作或詩劇在這方面或多或少都有所觸及，像是雪萊的〈阿拉斯特〉（Alastor）與〈解放的普羅米修斯〉、濟慈的〈安狄米翁〉（Endymion）、拜倫（George Gordon Lord Byron）的〈曼弗雷德〉（Manfred）、布雷克的預言詩篇等等。

湖畔派、倫敦派、惡魔派

文史家、批評家大抵都同意，浪漫主義多樣與廣泛的成就，可說是英國其他時期所難匹敵，因此無法以單一的定義闡明。事實上浪漫主義一詞是在這個新思潮、新文風發生半世紀後才由英國史家拿來使用。在當時，評論家皆視他們為獨立的個體，或將他們分成不同的派別，像是「湖畔派」的華茲華斯、柯立芝、騷塞（Robert Southey），「倫敦派」的海茲利特、李·杭特（Leigh

Hunt）、濟慈，以及「惡魔派」的拜倫與雪萊。

不過英國浪漫主義的特色仍可大致羅列如下：熱愛自然、讚頌平凡、注重感覺的真實、鮮明的個人主義、對約定俗成的叛逆（nonconformity）、強調想像之眼的觀看（vision）、浪漫主義文學批評、神祕主義傾向、熱中中世紀，以及對新古典主義所有主張的反動。

我們知道，新古典主義理性時期的主流思想強調個人融入社會與安分守己的重要，也認為沉想超出人類極限的事是危險之舉。浪漫主義則反其道而行，強調個人與孤獨。此一孤獨的個體在自己的家鄉或社會或現代世界，感覺格格不入，因而自我放逐，以期找到精神的居所。浪漫詩歌裡的主人翁，常常是這類對主流思想叛逆或不見容於社會群體的反骨者（a nonconformist），像是柯立芝〈古舟子之歌〉裡那位被詛咒流浪不止的老水手。有時這類人物也包括梟雄，像是撒旦、該隱、浮士德、拿破崙，以及因嘲弄受難的耶穌而受詛咒永遠流浪的「漂泊的猶太人」。

以放逐與反骨者為主題的浪漫詩歌裡，表現最極端的是拜倫。他的英雄曼弗雷德，是罪人與超人的複合體，不被死亡打敗，宣稱自己是「自己的毀滅者」，永遠屬於他自己。至於雪萊的普羅米修斯，雖然與撒旦同是終極的叛逆者（與神祇對立），但卻是為人類奮鬥而非與人類為敵的英雄。

他們個性鮮明，既熱血又叛逆

　　本書所選是大家普遍耳熟的浪漫派偉大詩人。偉大讓人仰望，不過也讓人因時空與文化差異產生的距離不容易有親切感。事實上這些大詩人都擁有鮮明的個性，既熱血又叛逆，他們在學校的課業表現不見得突出，但都很有自己的想法與見解，個個有意思。因此我想以文學醇酒的心來寫敘他們，希望讀者在閱讀他們的故事後產生親融感，對人生、對歷史能有受益的詩鑑照。另外，由於浪漫詩歌極其龐複，而本書是選譯性質，因此許多著名的長篇敘事詩就不在翻譯收錄的範圍。

　　書中詩人的編排次序將彭斯（Robert Burns）擺在首位，而非早他兩年出生龐大的原創性詩人布雷克或浪漫時期代表人物華茲華斯，是基於考量他非隸屬於英格蘭詩人，而主要以蘇格蘭語創作，是蘇格蘭最具代表性的人物，同時在浪漫時期揭幕前一年就已謝世，是屬於浪漫派前期詩人。他亦是農民詩人，真正來自社會底層，擁有浪漫時期所推崇的特質，因此放在首位。

附記：這篇序裡對浪漫主義的扼要說明，不少想法得自《諾頓英國文學選集》第二冊裡關於浪漫主義的介紹。唸大三時，面對這本像磚頭的厚書既頭痛又恐懼，但深深被其中介紹浪漫主義的文字所吸引，因此一看再看，受益良多。另外，本書的出版得感謝漫遊者文化，也要感謝師友賴傑威（George W. Lytle）提供的寶貴意見與

指正，同時謝謝外子倪國榮全力支持我的讀書寫作。最後，詩作譯得不妥之處，尚望讀者先進多加指教。

鋤地時也寫詩的
蘇格蘭農民詩人 —— 彭斯

(Robert Burns, 1759-1796)

詩人當中被尊為國族象徵，地位高於戰爭英雄，更高於宗教政治人物的，就屬彭斯。他受到的歡迎不限於蘇格蘭，可說擴及全世界。其實台灣人早在二十世紀初始就接觸到他的作品，只是當時的人並不清楚罷了。

　　彭斯在人世壽命僅三十七載，一輩子可說受經濟拮据的陰影籠罩，同時詩作主要是以蘇格蘭語寫成，為何兩百多年來影響力持續不衰？

　　這是不少人會問的問題。多數人認為，他詩作的經常性主題是自然與愛，因此具有普遍性。他來自佃農之家，本身既是農人，亦擅社交，很了解常民生活語言與一般人情樣態，所以不論寫愛情，或描繪鄉野自然，或諷刺人性與宗教的虛假，大抵能貼近人心，引發共鳴。

　　另外，蘇格蘭將他的生日一月二十五訂定為「羅伯特‧彭斯日」（Robert Burns Day），是國定節日，這天的晚餐就叫「羅伯特‧彭斯大餐」（Robert Burns Supper），吃的是將牛羊碎肉與麥片包在牛肚裡煮熟的蘇格蘭布丁（haggis），搭配蘇格蘭威士忌，並朗誦他受人喜愛的詩。於是，每到這個節日就有詩、詩人的故事、傳統特色飲食與音樂舞蹈，使得他的節日很歡樂，既有詩的滋養，又能享受美食，也可開懷唱歌跳舞。

打動人心的音韻

　　彭斯不僅寫詩，也作詞、彙編蘇格蘭傳統民謠的歌

詞，數量達到三百多首之譜，其中一首風行全世界，是我們都聽過的。每年在紐約時代廣場的跨年晚會，當午夜倒數完畢瞬間，塔頂的大圓球墜落爆破，煙火四射，此時響起的音樂，即是彭斯編寫的歌謠Auld Lang Syne，意思是"long ago"，也就是往昔或昔日舊時光。

這首歌的曲調曾是韓國1948年前的國歌，在日本則成為〈螢之光〉，1881年起成為一般小學校的歌唱教材。1895年後日治時期的台灣初等教育也教唱這首歌，戰後又以同樣曲調另譜寫歌詞，名稱改為〈驪歌〉。除東亞國家普遍接受外，大英國協的國家，以及曾是英國殖民地的國家亦風行這首歌，北歐的丹麥也很早就已傳唱。

為何一首經詩人改編的蘇格蘭民謠會打動世界上許許多多人的心，不分地域種族？這真的很神祕。或許是曲調和歌詞搭配完美，觸動大眾平常不易表達出來的音韻感，喚起某種懷念的音韻？

天授的莊稼漢

人在談戀愛時，對詩歌特別有感受，彭斯也不例外。十五歲那年，他愛上家鄉一位女孩，於是開始寫情詩，這一寫就停不下筆，最後成為詩人。

持續進行的也包括他的情史。除與自己的妻子生有九個孩子外（僅三個存活，最後一個孩子在他過世當天出生），另外四個孩子則分別是四位女友與他所生，也

因此經過兩百多年後的二十一世紀，彭斯的後代已繁衍到六百多人。

彭斯雖然出身鄉下，本身也務農，但因為有一位再窮也不放棄孩子教育的父親，加上本身天資聰穎，又酷愛學習與閱讀，因此除了蘇格蘭母語與英語外，也會拉丁文與法文，同時靠著自修，廣泛接觸當代與歷代名家作品，在民主自由思想上則受法國大革命的影響。不過，由於是農家的孩子，從小就得在農地裡扛重物做粗活，導致他的心臟受損，也因此造成他短壽。此外他還有一項特質：很能進入談話對象的思維狀態，因此既能傾聽又能侃侃而談，所以是一位極佳的與談人。

彭斯的第一本書《詩集，主要以蘇格蘭語書寫》（*Poems, Chiefly in the Scottish Dialect*）甫出版就銷售一空，獲得全國熱烈回響。這本書的首版，一般以出版所在地命名，稱之「基爾瑪諾克本」（Kilmarnock Volume）。當時愛丁堡文化界也看到了，批評家為文熱烈推薦，原本計畫移民到牙買加的彭斯，因此轉而前往人文薈萃的愛丁堡。

在不識一人又無任何介紹信的情況下，他單槍匹馬來到愛丁堡大城闖蕩，在這裡出版了第一本詩集的愛丁堡版，獲得豐厚的版稅收入。除此之外，彭斯以一介農民詩人身分，受到愛丁堡世故的藝文界與貴族歡迎。會有這樣彭斯旋風的產生，除了他的作品突出外，主要是

拜當時吹起的「原始主義」之風所賜。原始主義者咸信，世界上存在著不同於一般文藝術傳統的素人詩人，他們不假思索即就的自然詩歌，純樸、不雕琢，而這樣天真的詩人只能在農民與普羅階層的人尋得，因為只有這樣的身分才能保護他們不受城市文化與生活的造作所汙染。因此，當彭斯1786年的詩集一出版，立刻捕獲原始主義者的心，讓愛丁堡藝文界驚為「天授的莊稼漢」！

前面提過，彭斯懂拉丁文與法文並且廣泛閱讀，不是一位書看得不多、僅憑直覺寫作的素人詩人，不過，他倒也樂於接受愛丁堡文化界給他的這個稱號。實則當這位「天授的莊稼漢」與當地文人高士交往或參加貴族聚會時，總表現出天然的莊嚴且談笑風生、機智幽默，沒有鄉下人到大城裡與大人物相處時常有的侷促不安。

詩行中噴濺著活力與熱力

彭斯在愛丁堡停留期間，與蘇格蘭另一位文豪歷史小說家華特·史考特（Walter Scott）有一次歷史性的會面。當年彭斯二十七歲，史考特十五歲，是愛丁堡大學的學生，兩人是在哲學家亞當·福格森（Adam Fergusson）家裡舉行的文學沙龍上認識的。

1827年，史考特在一封給女婿約翰·洛克哈特（John Gibson Lockhart）的信裡提到那一次的會面，以及彭斯留給他的鮮明印象：

他人長得強壯；舉止質樸，非笨拙，是一種有尊嚴的素樸與單純，這可能部分緣於他非凡才能的感悟。畫家亞歷山大‧納斯米斯（Alexander Nasmyth）筆下所呈現的他的五官，在我看來是縮小了，好似用透視看的一般。他實際的輪廓五官比任何他的肖像畫都來得大。他整個面容散發著機靈；雙眼流露出詩意的性格與氣質，眼睛又大又黑，當他說得很有感覺或興味盎然時，眼睛可說發光發亮。雖然那個時代主要的傑出人士我都見過了，但我從未在其他人的眼睛看到這樣的光芒。

　　他的談話表現出完美的自信，卻無一絲自大。置身在那個時代全國最有學問的名流面前，他表達自己，十足堅定，無一絲躁進魯莽；當持不同意見時，他說出自己的想法無半點遲疑，但同時又態度謙虛。

　　蘇格蘭兩大文學巨頭的會面也催生了一幅著名的人物畫。畫家查爾斯‧哈迪（Charles Martin Hardie）在事實的基礎上添加了一些情節，讓當時蘇格蘭劃時代的人物齊聚一堂。其中包括：重新發現二氧化碳與比熱的化學家約瑟夫‧布拉克（Joseph Black）、現代地質學之父詹姆斯‧赫頓（James Hutton），以及提出《國富論》（*The Wealth of Nations*）的經濟學家亞當‧史密斯（Adam Smith）等等。

不過有自知之明的彭斯很清楚，他帶給愛丁堡的新奇感不會久留，因此一年多後又回到家鄉，並與早已為他生下一對雙胞胎的女友珍‧阿默爾（Jean Armour）結婚。往後十年間，他的詩歌才華主要投注在創作、收集、改寫、編輯蘇格蘭民謠。雖然如此，他仍在1790年寫下了自己很喜愛，也是世所公認的傑作〈湯姆‧歐桑特〉（Tam O' Shanter）。

這首詩共有224行，述說反英雄歐桑特某一夜的遭遇。那一晚歐桑特一如往常，幾杯黃湯下肚後，就忘了家裡的老婆等他回家，等他記起來時，夜色已深，這才摸黑騎驢趕回家，途中遇見了廢棄教堂裡群妖亂舞。故事寫的就是歐桑特這個好杯中物的農人遇到鬼的一般鄉野趣談，但彭斯寫得聲色俱佳，詩行裡噴濺著活力與熱力，處處可見從生活裡長出來的語言，同時把阿勒維村裡那座傾圯鬧鬼的老教堂與墓地寫進了詩裡。此外，詩人靈敏的聽覺，也讓詩的音韻之美綻亮著讀者的耳朵。

信手捻來眾生相

從1788年到他過世的1796年近十年間，彭斯不拿分文（雖然他很需要錢），以匿名方式將時間與心力放在蘇格蘭民謠的創作與彙編，甚至在病榻上仍持續不輟，直到死神讓他停筆。他這般奉獻，完全是出於對蘇格蘭的愛，而他創作與彙編的歌謠影響深遠，鮑伯‧迪倫

（Bob Dylan）就曾說，彭斯的〈一朵紅紅的玫瑰〉帶給他創作上重要靈感。

作於1793年的〈英勇蘇格蘭人〉（Scots Wha Hae, 意即Scots who have）[1]，是蘇格蘭非官方最具代表性的國歌。德國浪漫派作曲家布魯赫（Max Bruch）將這首歌曲發展為《蘇格蘭幻想曲》（*Scottish Fantasy*）第四樂章如戰爭的快版。

另外，〈人就是人不管怎麼樣〉（For A' That, and A' That）這首歌謠充滿普羅意識，相當受到西方左派與俄羅斯人喜愛，也曾在1999年蘇格蘭議會開議時作為會議的開場。這首歌以蘇格蘭語演唱很有特色，不過若以詩論詩，由於作為歌名的這行詩一再重複，加上沒有新鮮的意象與新意，所以算不上是一首好詩。

活躍於二十世紀前期的詩人兼評論家艾德溫・米爾（Edwin Muir）曾這樣評論彭斯：「對高尚人士，他是正派的；對粗野的人，他是黃腔達人；對多愁善感者，他多情感傷；對社會主義者，他是革命者；對國族主義者，他是愛國者；對宗教人士，他虔誠！」

當思想、身分不同，對彭斯作品的看法就南轅北轍。喜愛他的人各個階層都有，不過他的某些作品也容

1　因無合適對應之中文，此處採意譯。

易被當做政治目的使用。

　　在他的歌曲裡，有愛情、有飲酒，有勞動，有友誼，有愛國，甚至是低俗的黃腔，但不管是哪種題材，他信手捻來就是活脫脫的眾生相、如酒的世事人情，不管是熱血昂然的民族英雄或生猛的鄉里人，都各有其面目。這是個民間歌者，像在酒肆間飲酒寫詩，隨興自在，而不是在書桌前的寧靜抒寫。相較於書桌前的詩人，彭斯是農民、收稅員，隨興寫詩是他的本性，甚至鋤地時也寫詩，曬陽淋雨，帶有濃厚蘇格蘭風的詩作誕生，墨水之舞，傳達出民間生活的心聲。

昔日舊時光

故人豈可被遺忘，
永遠不放在心上？
故人豈可被遺忘，
還有昔日舊時光？

（合唱）
念在昔日舊時光，吾友，
念在昔日舊時光，
你我且飲一杯友情醇酒，
念在昔日舊時光。

無疑你當會痛快大飲一杯！
而我也不惶多讓！
你我且飲一杯友情醇酒，
念在昔日舊時光。

（合唱）
我倆曾奔跑山陵間，
也一起採下美麗的野菊花；
而今卻已浪跡天涯多年步態疲乏，

昔日舊時光陰遠。

（合唱）
我們也曾涉溪一起玩水，
從晨陽初升到晚餐時刻；
而今大海在你我之間怒號阻隔，
昔日舊時光陰遠。

（合唱）
我伸出我的手，我忠實的朋友！
也請你伸出你的手！
我們將舉觴共飲一杯深情美意，
念在昔日舊時光。

人還是人不管怎麼樣

有因為坦蕩的貧窮
垂下他的頭這等事嗎？
懦弱的奴僕，我們不予理會──
人窮志不窮，不管怎麼樣！
不管怎麼樣，不管怎麼樣，
我們的工作卑微，什麼的，
身分地位不過是金幣的印記，
人才是真金，不管怎麼樣。

雖然我們吃的是粗食淡飯，
穿的是灰色粗呢衣，那又怎樣？
讓傻子穿絲綢，給無賴飲佳釀──
人還是人不管怎麼樣。
不管怎麼樣，不管怎麼樣，
他們誇示錦衣華服，什麼的，
坦蕩的人，雖然一貧如洗，
是人中之王，不管怎麼樣。

你看那個人稱爵爺的傢伙，
大搖大擺，瞪眼，就只會這樣？

雖說他講的話許多人哈腰迎合
充其量不過是個呆子。
不管怎麼樣，不管怎麼樣，
他配飾帶、星章，什麼的，
心靈獨立能夠獨當一面的人，
看在眼裡哈哈笑，不管怎麼樣。

一位君王可以冊封騎士，
侯爵、公侯，什麼什麼的！
不過一個坦蕩的人在他的權勢之上──
他不會在誠信上有任何閃失
不管怎麼樣，不管怎麼樣，
他們的尊嚴是他們所在乎，
精神的高邁與價值的傲岸
高於顯貴官品，不管怎麼樣。

且讓我們祈禱這一日會來到
（這日會來到不管怎麼樣）
居世間一切之上的精神與價值
終將取得勝利，不管怎麼樣！
不管怎麼樣，不管怎麼樣，
那一天就要到來，不管怎麼樣，
四海之內人與人的相互對待

將如手足之情，不管怎麼樣。

致一隻老鼠

1785 年 11 月，犁田時，將一隻老鼠從窩裡翻出。

體小、狡猾、膽怯、害羞的走獸，
喔，你的內心起了怎樣的驚慌！
你無需嘰嘰喳喳個不停
如此慌張急著逃命！
我根本不會拿著謀命的
鋤犁在後面追趕你！

我深感遺憾人的支配主宰
已然破壞自然的共生和諧，
證諸那個不幸的看法
使得你對我驚慌失措，
你這可憐、大地生的夥伴
同為必死的一員！

我不懷疑，有時，你會偷竊；
那又怎樣？可憐的走獸，你必須活命！
拿走二十四捆穀物中的零頭
你要的實在不算多；
靠著所剩我就能獲得祝福，

永遠都不會曉得有缺。

你的小屋也一併毀了！
微弱的牆在風中四散！
如今什麼也沒有可拿來造新的，
粗糙的綠葉無處可見！
十二月寒冷的風即將到來，
冷颼颼又刺骨！

你看田野光禿禿空無一物，
讓人厭倦的冬天轉眼來臨，
寒風朔朔下，這裡是溫暖的，
你原打算在此安居，
直到轟隆一響！殘酷的鋤犁
將你的窩一舉剷掉。

小小堆起的樹葉與殘椿，
花了你不少功夫咬來的！
忙了一場卻落得無處棲身，
沒有了房子或遮蔽之物，
來承受寒冬雨雪的滴落，
還有白霜的凍寒。

不過鼠兒，並非只有你，
證實深謀遠慮會是一場空：
鼠與人最如意的設想
常常是不如原意，
留下的僅是悲傷與痛苦，
而非我們原先期盼的歡喜。

與我相比，你仍然是幸運的！
你遭受的只是眼下的苦難：
然而我啊！回頭看過去，
僅見一片淒涼景象！
而往前看，雖然無能看見，
我揣想憂心茫然的前路！

致一隻蝨子

嘿！你要去哪裡，你這爬行的頭蝨？
你的厚顏無恥難說能保護得了你；
我只能說罕見你大搖大擺
在薄紗與蕾絲上。
不過說真的！我擔心你吃不到什麼
在這麼一個地方。

你這個醜陋、讓人悚然、可厭的東西，
不管聖人與罪人都厭惡，避之唯恐不及，
你好大的膽子竟把你的腳伸上她，
這樣一位淑女佳人！
到別地方去找你的大餐
隨便哪個窮光蛋身上。

滾開！到乞丐的頭上去：
在那裡隨你蠕動、匍匐、爬行，
與其他同類、成群結隊
跳動的生畜在一塊；
那裡角骨做的梳子從未敢擾動
你那茂密的農園。

現在你老實待在那裡！不會被看見，
在層層的薄紗蕾絲下，舒服又牢靠；
不，說實在還不算！你還不能高枕無憂，
直到你抵達上面：
那位女子所戴的軟帽，高高聳起
最頂端的部位。

噯喲！你竟然膽敢探出你的鼻頭，
好似鵝莓一般的灰色飽滿。
喔，來點刺鼻膠黏的松酯，
或搶眼鮮紅的粉末；
蝨子，我要給你豐富的劑量，
好好將你一番塗抹！

我不會感到驚訝看見你
在一些家庭主婦的法蘭絨綁結上：
或出現在一些衣衫襤褸的男孩
他的內衣褲裡；
但竟然在美嬌娘上好的軟帽！呸！
你怎膽敢這麼做？

喔珍妮，切莫擺頭顧盼，

四面八方放射妳的美麗！
妳根本不知道那個傢伙
爬的速度有多飛快！
我害怕，那些在妳身邊的
都在互使眼色，指指點點！

喔祈願有個至高無上的力量賜我們
得以看到自己就如別人所見的能力！
這樣可以讓我們免除犯下許多大錯
還有可笑的想法：
讓我們遠離衣著與姿態的神氣
甚至是昏了頭的奉獻。

英勇蘇格蘭人

蘇格蘭人，流有華萊士的血，
蘇格蘭人，歷來常由布魯士帶領，
歡迎來到你的血泊沙場
或贏得勝利榮光。

就在今日，就在此時：
前線戰事險惡迫在眼前，
驕傲的艾德華軍隊逼臨，
那是鎖鍊和奴役。

有誰想當叛徒惡棍？
有誰想填懦夫的墳墓？
有誰下賤到寧為奴僕？
讓他轉身走路。

凡願捍衛蘇格蘭國王和律法
英勇拔出自由之劍，
生為自由人，死為自由人者，
讓他跟隨我。

為了壓迫者的苦難和悲痛，
為免於你的子孫為奴受使，
我們將流乾最珍貴的鮮血
而他們將獲自由。

打倒驕橫的篡奪者，
每個敵人都是暴君，
每一擊自由就更近，
打勝仗或命喪沙場！

一朵紅紅的玫瑰

我的愛人像朵紅紅的玫瑰
六月時節初展顏；
呵我的愛人像優美的曲調
被美妙地彈奏和諧動人。

妳是這般美麗，我的可人兒，
我深深地愛著妳；
我永遠愛妳，我的摯愛，
直到海水都枯竭。

直到海水都枯竭，我的摯愛，
太陽把岩石燒融殆盡；
呵我會永遠愛妳，我的摯愛，
只要生命之沙源源不盡。

再會了，我唯一的愛！
且暫時告別妳！
我會再回來，我的愛，
哪怕千里路迢遙。

深情一吻

深情一吻，我們就此別離；
一個別離，生生世世！
我將為妳流下心痛的熱淚，
付出刀割的歎息和呻吟！
若她留給他的是希望之星，
誰會說命運女神讓他悲傷？
我，無一振奮的星光能照亮我；
深沉的絕望籠罩使我陷入黑暗。

我不怪自己對妳的偏愛，
沒有誰能抗拒我的蒳西；
只要一眼見她就會愛她；
只愛她一個，永生永世。
若我們從未愛得如此深切，
若我們從未愛得如此盲目，
從未相見 —— 或從不分離，
我們就不會如此的心碎。

永別了，最初與最美的妳！
永別了，最好最親愛的妳！

願妳的種種是喜悅是珍寶，
平靜、歡喜、愛，和幸福！
深情一吻，我們就此別離；
一個別離啊，生生世世！
我將為妳流下心痛的熱淚，
付出刀割的歎息與呻吟！

想像即存在
——布雷克

（William Blake, 1757-1827）

布雷克在《米爾頓》（*Milton*）一詩裡曾說：「想像不是一種狀態；它是人存在本身。」這首詩完成於他五十三歲之齡，不過早在他二十歲寫給約翰·蔡思勒（John Trusler）牧師的回信裡即已清楚表達他對想像所抱持的態度。當時也是暢銷作家的蔡思勒寫信給布雷克，邀請他幫他一本關於善惡、謙恭的文本畫插畫，結果布雷克的畫作不合牧師的意。牧師批評他的畫怪誕誇張，甚至說他的想像隸屬鬼怪一類，布雷克這樣回答：

　　雄偉之物對遲鈍的人必然難解。能讓傻瓜一目瞭然的不值得我費心……我知道這個世界是一個想像與靈視（vision）的世界。我畫的每件事物都可在這個世界看到，不過並非每個人所見皆相同。在守財奴眼裡，一枚金幣遠比太陽美麗，一個磨破的錢袋比結滿葡萄的葡萄藤更動人。讓人感動到流下喜悅之淚的樹，在其他人看來是擋在路上一個綠色的東西。有些人眼裡的自然是不值得一顧、醜陋的，而對這些，我是不會對我的比例進行校準；有些人壓根兒看不到自然。不過對想像之人的眼睛，自然即是想像本身。

　　過世前四個月，布雷克在一封給朋友的信裡依舊表現對「想像」一如的態度：

我曾在鬼門關徘徊，再回到人世已是孱弱不堪、風中殘燭的老人，不過這孱弱不堪非關靈魂與生命，亦非指真人－想像（*The Real Man The Imagination*），在這方面，我一日強過一日，當這愚蠢的身體日漸衰敗。

他為自己最後一幅名為《最後審判的景象》的畫所做的註解，仍舊不改他一路走來關注的心靈與思想：

最後審判是對惡劣藝術與科學的掃蕩。只有心智之物才是真的；所謂的肉體無人知道其居所：它存在謬見裡，它的存在是一種欺騙。非思想與心靈的存在在哪裡？不過是在愚人的心裡？有些人痴心妄想以為不會有最後審判，惡劣的藝術會被接受，會與好的藝術混合，錯誤或實驗會變成真理的一部分，他們誇言它是真理的基礎；這些人在討好自己：我不打算討好他們。錯誤是被造出來的，真理則為永恆。錯誤或被製造的將會被燒盡，直到它們被燒盡，真理或永恆才出現。人不再看到它的時刻，也就是它燒盡了。我為我的自我強烈辯護，我並未看到外在的創造，對我來說，它是阻礙，不是行動；它如我腳下的塵土，不是我的一部分。有人不免問：「什麼？當太陽升起，你難道不會看到一團像金幣的火球嗎？」喔不，不，我看到的是一群無法計數的天國主人喊著：「聖潔、聖

潔，聖潔萬能的主。」關於所看到的，我不會去問我的肉眼，就如我不會問窗戶。我是透過它來看，不是它讓我看見。

浮雕蝕刻的先驅者

這樣一個能夠感覺自己的本質、以想像的噴泉注視神祕的詩人畫家，是怎樣的出身呢？

他來自倫敦一個尋常人家，父親是針線縫紉用品商。布雷克僅在繪畫上受過正規教育，識字閱讀主要是由母親教導，他與母親的感情甚篤。縱然家裡的經濟不算寬裕，他的父母親仍盡最大能力買畫冊給他，並在他十歲時送他到繪畫學校就讀，於此同時他亦大量閱讀，並對作詩產生濃厚興趣，開始嘗試寫詩。

布雷克十四歲跟隨雕刻師詹姆斯·巴塞爾（James Basire）習藝，二十一歲就讀皇家藝術學院，二十五歲與凱瑟琳·布歇爾（Catherine Boucher）結婚。婚後，他教導文盲的妻子識字與雕版印刷，以便協助他工作。兩人無子嗣。

1788年，布雷克開始實驗有別於凹版雕刻的浮雕蝕刻，並以此方式製作他大部分的詩繪本。製作過程如下：首先直接在銅板上用筆、畫筆與耐酸介質反向書寫文字，這樣印刷出來的文字才會是正常的。之後繪圖，然後用酸液將銅版空白處蝕掉，留下未被融蝕的構

圖浮雕。頁面經由這樣的版面印刷出來後，接著以手工上色水彩，最後再一頁頁縫在一起，成為一本書。這種印刷方式，布雷克稱之為「彩飾印刷」（illuminated printing）。整個製作過程耗時費力，因此布雷克僅印了幾本自己的書，其中《天真與經驗之歌》二十八本、《塞爾之歌》十六本、《天堂與地獄的婚約》九本、《耶路撒冷》五本。

遣詞用字的獨到之處

　　布雷克除了在雕版印刷有創新之舉外，於詩歌創作上也有一些有別於當時主流傳統的手法，特別是在遣詞用字方面常有突出之舉，造成語意雙關，使得意義豐富。試舉他的名詩〈倫敦〉為例：

I wander thro' each charter'd street,

Near where the charter'd Thames does flow.

And mark in every face I meet

Marks of weakness, marks of woe.

In every cry of every Man,

In every Infants cry of fear,

In every voice: in every ban,

The mind-forg'd manacles I hear

How the Chimney-sweepers cry

Every blackning Church appalls,

And the hapless Soldiers sigh

Runs in blood down Palace walls

But most thro' midnight streets I hear

How the youthful Harlots <u>curse</u>

<u>Blasts</u> the new-born Infants <u>tear</u>

And blights with plagues <u>the Marriage hearse</u>

　　在第一節裡我們看到他用"charter'd street"與"the
charter'd Thames"，"charter"這個字除了有特許的意思
外，亦有「在地圖上」之意，而布雷克加以重複使用，
藉以強調連自然的河流也被特許專利使用，淪為人類商
業行為下的物件。至於"marks"除了有痕跡的意思外，
亦有地圖上的點、線之意。

　　第二節的"ban"包含有「禁令」與「公告結婚啟事」
的意思，因此除了第一層普遍的「禁令」意義外，它的
第二層意思指向婚姻是一種相互綁縛的鐐銬。最後一節
的"curse"涵蓋「咒罵」與「天譴」兩層意思，一方面
它可看成是妓女對新生兒的咒罵，另一方面亦可看成生
下染有梅毒的嬰兒是妓女的天譴。另一個字"Blasts"則

兼有「嚴厲斥責」與「枯萎」之意，也就是說，既可解讀為「妓女嚴厲斥責新生嬰兒的眼淚」，也可解讀為「妓女的天譴讓嬰兒的眼淚枯萎」。

「嬰兒的眼淚」是暗示梅毒經由母親傳給新生嬰兒後，導致嬰兒生出來就瞎眼，或出生後不久就喪失視力。詩最後一行的"the Marriage hearse"（婚姻的靈車），是指梅毒等性病將殘害婚姻，造成婚姻的死亡，花轎已不再是幸福之物，而是載著婚姻到墓地下葬的靈車。

在絕望裡用想像力描述絕望

布雷克在其史詩《耶路撒冷》（*Jerusalem*）裡有言：「我必須創造一個體系，否則會被其他人的體系役使。我不推理和比並：我的任務是創造。」而他果然創造了一個屬於他自己體系的神話，呈現在他的預言書裡，特別是當中的三首史詩：《四神靈》（*The Four Zoas*）、《米爾頓》與《耶路撒冷》。

在布雷克所創造的複雜神話裡，阿爾比安（Albian, 即不列顛）是太初完人，在墮落後分裂成四種元素，除了Humanity（人性）外，尚有代表理性力量的Spectre（幽靈）、代表情感與想像力量的Emanation（發散），與代表消極、壓抑慾望的Shadow（陰影）。當四元素各自為政分裂時，是持續在墮落狀態，救贖之道在於相互調和，當融為一體時即是復活。

這是布雷克預言書的故事主線。理性與想像的割裂是一大悲劇，導致理性（Spectre）變得冷酷，想像（Emanation）變得軟弱，陰影轉向殘酷，人性因而進入如死亡一般的睡眠狀態。在這樣的睡眠狀態裡，人性於夢中在善與惡裡流轉，解脫之道端賴代表神性想像的基督，將人性從代表絕對自我極致冷酷理性的撒旦掌控中解救出來。

這四元素的代表神靈分別是：智性的幽瑞禪（Urizen），掌管天頂，主風，位於人的頭與眼部，形象是農夫；感性的盧藍（Luran），掌管中央，主火，位於人的心臟與鼻孔，形象是織工；還有感官生命的薩瑪斯（Tharmas），掌管圓周，主水，位於人的腰部與舌頭，形象是牧羊人；最後是娥叟娜（Urthona），其最高形式是靈感，最低形式是本能直覺，掌管天底，亦即地球，位於人的子宮與耳朵，形象是鐵匠，也就是預言神靈羅士（Los），亦常是詩人布雷克的化身。

在《耶路撒冷》裡，布雷克將羅士與羅士的幽靈（又稱the Spectre of Urthona）兩者的鬥爭予以戲劇化。我們似乎看到對人的精神世界有預言能力的詩人，在人間得不到共鳴，想像沒有出口，因而絕望。詩人的預言能力來自充沛的想像力，不過絕望非滅絕，因此詩人依舊在絕望裡用想像力描述絕望的運動，將絕望的形狀把握出來，反而弔詭地能獲得安慰，而想像力與絕望撞擊產生

的一種深度的生命火花即是詩。羅士的幽靈道出的絕望之聲，即是詩人在創作路上遭到遺棄的絕望悲鳴：

> 不過我的悲傷與時俱進沒有終止
> 喔我但願死去！絕望！我是絕望
> 被創生來作為恐怖與巨大痛苦的醒目例子；
> 我的禱告無用，向悲心求救：悲心取笑我，
> 慈悲與憐憫對我投擲墓碑，以鉛和鐵
> 永遠將我綁住：生命以消耗我
> 維生：上帝以他的反面造我
> 成為全然的邪惡，全然的顛倒，永遠的死亡：
> 能知能觀生命，卻非活著：我如何能看了
> 而不顫抖；我如何能不被看了而不被憎惡（？）

當想像成真，自由就釋放了

布雷克以豐沛的想像力將絕望予以形象描述，而當形象準確地表現出來，反而能喚醒希望的本質。另一方面，當想像成真，自由就釋放了。在史詩《米爾頓》裡，布雷克如此描述已自由的想像：

> 沐浴在生命之海裡；洗掉非人的部分
> 我帶著自我寂滅與靈悟的莊嚴來
> 拋棄理性的論述，依憑對救世主的信仰

拋棄記憶的破布，依憑靈悟

拋棄培根、洛克、牛頓，他們對不列顛的覆蓋

拋棄他髒汙的外套，用想像予以裝扮

廢除所有非靈啟的詩歌

……

於今全部要以火燒去

直到亙古紀年為新生所吞噬。

當人和高山相遇，偉大的事即完成

　　同時身兼詩人與畫家的布雷克視《聖經》為偉大的藝術密碼，但嚴厲批評組織化的宗教，反對將上帝看成是另一種存在遠優於人類的教義。

　　對布雷克而言，整個宗教體系產生於以自我為中心的愛，由是滋養了控制與壓抑人類力量的殘酷欲望。他反對的不是宗教的本質，而是已失去愛與創造力的宗教體系。事實上他認同耶穌基督，視祂是一個至高的創造存在，在教條與邏輯之上。

　　布雷克除了表現出非比尋常的概念思考能力、強大的心智與原創力，創造屬於他自己的神話體系外，他亦是擅寫警句的大家，這特別可見於他的〈天堂與地獄的婚約〉一詩裡。事實上，大家常說的「在一粒沙中見一世界／在一朵花中見一天空」，即是出自他的名作〈天真的預示〉。以下是他經常被引用的警句：

原諒敵人比原諒朋友容易。

（It is easier to forgive an enemy than to a friend.）

以惡意說出的事實打敗所有能捏造出來的謊言。

（A truth's that's told with bad intent beats all the lies you can invent.）

那些抑制欲望的人之所以這麼做，是因為他們弱到足以被抑制。

（Those who restrain desire do so because theirs is weak enough to be restrained.）

當今已被證實的在過去僅是想像。

（What is now proved was once only imagined.）

你永遠不會知道什麼是足夠的，除非你知道什麼是綽綽有餘。

（You never know what is enough unless you know what is more than enough.）

永恆愛著時間的果實。

（Eternity is in love with the productions of time.）

在喜悦飛過之際親吻它的人將居住在永恒的日出裡。

（He who kisses joy as it flies by will live in eternity's sunrise.）

看在永恒的分上，我原諒你，你原諒我。

（For all eternity, I forgive you and you forgive me.）

沒有矛盾對立就不會前進。吸引與排斥，理性與活力，愛與恨，對人的存在都是必要的。

（Without contraries is no progression. Attraction and repulsion, reason and energy, love and hate, are necessary to human existence.）

臉上沒有光輝的人，不會成為一顆星。

（He whose face gives no light, shall never become a star.）

勇氣上的弱者長於狡猾。

（The weak in courage is strong in cunning.）

馨甜喜悅的靈魂永不會被玷汙。

（The soul of sweet delight can never be defiled.）

豐沛即是美。

（Exuberance is beauty.）

活力是永遠的喜悅。

（Energy is Eternal Delight.）

一個人靠著自己的翅膀飛，無法翱翔太高。

（A man can't soar too high, when he flies with his own wings.）

　　一生創作不輟的布雷克，生前卻是沒沒無聞又清貧。他生平唯一一次在三十二歲那年舉辦的個人作品展，景況淒慘，不僅未賣出一張畫，也未獲得好評。1827年他過世後，一直要等到1860年代他的傳記出版了才聲譽大增，尤其是受到前拉斐爾派的推崇。大詩人葉慈也自1887開始編纂布雷克的詩作，並受他自創宗教神話的影響，創造屬於自己的神話。前拉斐爾派創始人之一的威廉・羅塞提（William Rossetti）曾這樣形容布雷克：「一位不受前輩阻礙的人，在同代中自成一格，也無法被已知或可推測的繼來者所取代。」

　　布雷克就如他自己曾說的：「當人和高山相遇，偉大的事即完成。」

致秋天

啊秋天，盛載果實，且浸染
葡萄的血色，不要走過，請到
我有涼蔭的家坐坐；歇歇息，
將你快活的聲音調進我新製的笛子，
一年所有的女兒將隨著節拍起舞！
你且唱起果實與花朵富麗之歌。

「細窄的蓓蕾向太陽綻開美麗，
愛在她悸動的血管裡周流；
繁花似錦環繞著早晨的眉宇，
盛開到雅潔黃昏透亮的雙頰，
直到串串夏日唰地高聲歌唱，
飛翔的雲將花朵撒滿她頭上。

「大氣的神靈依賴果實的氣味而活；
喜悅啊，拍著輕盈的羽翼，繞著花園
盤旋徘徊，或坐在樹欉中歌唱。」
快活的秋天就這樣歇坐歡唱；
然後起身，整裝上路，越過蕭瑟山丘，
從我們眼前消逝，但留下他金黃的裝載。

回音綠地

太陽升起了，
天空為之雀喜。
快樂的鐘響鳴
歡迎春天來臨。
雲雀與鶇鳥，
灌木叢裡的鳥兒，
歌唱更嘹亮，
和著鐘的欣鳴。
那當兒我們也戲耍
在回音綠地。

白髮老約翰
用笑打消憂煩，
和一群老人家，
坐在橡樹下。
他們笑著我們的戲耍，
很快地他們全都會說，
「這般歡樂的光景，
在我們仍是童男和童女
青春年少時，可被看見

在回音綠地。」

直到小小孩們倦了
再也無法高高興興。
太陽也落下了，
我們的遊戲就結束：
許多小妹妹和小弟弟
窩在媽媽們的懷裡，
像鳥兒綣在巢裡，
準備睡覺休息：
而遊戲也不再被看到
在夜色漸黑的綠地。

我美麗的玫瑰樹

有一朵花獻給了我；
是這般連五月都從未有的花。
但我說，「我有棵美麗的玫瑰樹。」
於是就將這朵甜美的花忽視。

然後我回到我美麗的玫瑰樹
照料呵護她不分晝夜。
但我的玫瑰心懷嫉妒不理睬，
她的刺從此是我唯一的喜樂。

染病的玫瑰

喔玫瑰妳病了！
那在夜間飛行
看不見的蟲，
在咆哮的風暴中：

發現了妳的床
那深紅的喜悅：
他黑暗祕密的愛
摧毀了妳的生命。

一棵毒樹

我對朋友生氣：
我說出憤怒，憤怒就消了。
我對敵人生氣：
我沒說出口，憤怒就生長。

我早晚以我的淚水
戒慎恐懼地澆灌它：
我用微笑給它陽光，
還有悅耳虛假的詭計。

它日日夜夜生長。
直到結出一顆鮮紅的蘋果。
我的敵人看到它閃閃發亮，
他心知肚明那是我的。

然後偷偷溜進我的園子，
當夜晚遮蔽了樹幹；
在早晨我開心看到
我的敵人躺在樹下沒命了。

泥塊與卵石

「愛不謀求取悅自己，
對自己也不牽掛，
而是將它的自在給別人，
在地獄的絕望裡建一座天堂。」

一個小泥塊這般哼唱著，
一直以來被牲口的腳踐踩：
而在溪中的一顆卵石
啼囀這些韻律回應：

「愛只謀求取悅自己，
為自己的快樂束縛別人，
以別人的喪失自在獲取幸福，
在天堂的憎恨中建一座地獄。」

蒼蠅

小蒼蠅，
你的夏日遊戲
就這樣被我
魯莽的手揮去。

難道我不是
如你是一隻蒼蠅？
或難道你不是
如我是個人？

因為我跳舞
飲酒又唱歌；
直到某隻盲目的手
將我的翅膀揮去。

若思想是生命
力量與呼吸：
而缺乏思想
則與死無異；

那麼我是
一隻快樂的蒼蠅，
不管我是活著，
還是死去。

虎

虎！虎！灼灼燃亮，
在黑夜的森林：
怎樣超凡的手或眼
能塑造你可畏的均勻？

在怎樣的深淵或高天裡
燃燒著你雙眼之火？
怎樣的翅膀他膽敢渴求？
怎樣的手膽敢攫火？

怎樣的肩膀，怎樣的技藝，
鍛造了你強健的心？
當你的心開始跳動
怎樣恐怖的手？怎樣恐怖的腳？

怎樣的錘子？怎樣的鐵鍊？
怎樣的爐子冶煉你的腦？
怎樣的砧子？怎樣攫住的法力，
膽敢捉緊致命的恐怖？

當星子擲下他們的長矛
以淚水浸濕天堂：
他滿意他的成果嗎？
造了羔羊者也造了你？

虎！虎！灼灼燃亮，
在黑夜的森林：
怎樣超凡的手或眼
膽敢造你可畏的均勻？

倫敦

我漫步行經每條特許的街，
就在特許的泰晤士河近旁。
在遇見的每張臉我注意到
虛弱的線痕，傷痛的線痕。

在每個人的呼喊聲中，
在每個嬰兒恐懼的哭喊裡，
在每個聲音、每個禁令中，
我聽到內心鍛造的鐐銬：

掃煙囪孩童的哭喊是如何
讓每個漸薰黑的教堂膽寒，
還有無助士兵，他們的歎息
和著鮮血流淌到王宮外牆。

但最慘絕莫過在半夜的街上
我聽到年輕妓女的咒罵如何
嚴厲斥責新生嬰兒的眼淚，
同時以災難來懲罰婚姻的靈車。

神性的形象

所有人在他們苦惱時
向慈悲、憐憫、和平,與愛禱告;
而對這些喜悅的美德
他們以感激回報。

因為慈悲、憐憫、和平,與愛
是上帝,我們親愛的天父,
而慈悲、憐憫、和平,與愛
是人,祂的孩子與呵護。

因為慈悲有一顆人心,
憐憫有一張人臉,
而愛,有一個人的神性形體,
而和平,有人的衣著。

然後每個地區的每個人,
在他悲苦時禱告,
向人的神性形體禱告,
愛、慈悲、憐憫、和平。

所有人必需愛人的形體，
包括異教徒、土耳其人，或猶太人；
有慈悲、愛，與憐憫居住的地方
上帝也居住在其中。

我孤獨漫遊像一朵雲
——華茲華斯

（William Wordsworth, 1770-1850）

曾有一位旅人請華茲華斯家的女僕為他指示詩人的書房方向，女僕回答：「往這邊走。不過他的書房是戶外林野！」

英國浪漫時期詩人華茲華斯是出了名喜愛徒步旅行、很會散步的詩人，雙腳剛健無比。他生在湖區，從小愛沿著湖邊走，還僅是個少年學生時，上學前常常要先來個五英里的漫走。走路這個原始動作連結了人的自然野性，而愛走路讓他長成一個喜愛山川林野、開風氣之先的大詩人。

在漫走中成詩

當我們閱讀他著名的詩篇時，不管是抒情詩、十四行詩，或敘事長詩，總會看到他在走路，幾乎可以說他的詩都是在走路中完成。比方大家耳熟能詳的〈水仙〉（Daffodils）：

> 我孤獨漫遊像一朵雲
> 高高飄過山谷與丘陵，
> 忽然間墜眼來一大片，
> 一大片的金黃色水仙
> 在湖畔邊，在群樹下，
> 隨著微風閃搖跳著舞。

還有〈露西‧葛雷〉（Lucy Gray）這首詩，起頭的前四行我們就看到詩人在山野的身影：

過去常聽人說起露西‧葛雷：
有一回當我在野外獨行，
破曉時，不期然地遇見了
這個形單影隻的女孩。

除了寫小孩，他也寫老者。華茲華斯有一首非常生動、親切、感人、詩音清亮的敘事長詩，寫他湖區格拉斯密（Grasmere）居住地的人物老牧羊人邁可，詩名就叫〈邁可〉（Michael），這次我們要先跟著走一段陡峭的山坡路：

你若離開馬路沿著那一彎
滾滾喧嘩叫綠頭的山溪往上走，
你就會看到一條很費你的腳力
陡峭的山徑；走著險峻的上坡路
立在你面前的是田園景致的山嶺。
再加一把勁！你將看到環著那喧鬧溪水四周，
綿延群山敞開了它們的胸懷
給自己所造的一片幽谷之境。

在這個舉目沒有半個人影的地方，僅見幾頭羊在吃草，數隻老鷹在空中盤旋，山溪旁堆有未琢磨的石頭，不注意會以為是亂石堆，但端詳後將發現是一座尚未起造就廢棄的羊圈，由此展開了牧羊人邁可的故事。

我們像是沿著畫卷一步步進入牧羊人與他的妻子胼手胝足的勞動，看著他們兒子的出生，聽著他們的日常對話。山居生活很辛苦，但三口人家相親相愛和樂融融過日子，這樣的一家人最後竟獨留荒廢的羊圈！華茲華斯在詩裡說，這個故事雖無離奇的情節，卻有著讓人無法忘懷的感人力量，很適合在冬日的火爐邊，或夏天的林蔭下聽講。

走入自然山川，觀看自己的內在

他的走路與詩創緊密結合，發端於二十歲時徒步旅行阿爾卑斯山，當時他就讀劍橋大學聖約翰學院，於大三升大四的那個暑假前往。他與同學瓊斯一起旅行（1790年），見識到法國大革命一年後的景象，他的民主觀念與政治觀點，特別是對專制暴政的厭惡，在這時成形，而法國和瑞士鄉間與山區懾人動魄的美景，也讓他留下深刻印象。在他的自傳長詩《序曲》（*The Prelude*）第六章，華茲華斯用了將近八百行詩行記載這個讓他的生命起了轉折的徒步旅行。

從法國回來後在倫敦待了四個月，他又做了一趟

北威爾斯的徒步旅行。置身自然美景讓人獲得撫慰與喜悅，不過他似乎更想藉由走入自然山川來觀看自己的內在，了解人與自然的關係。他在劍橋大學的課程並未引發他特別的興趣，課業也表現平平，但他內心有一股強大的熱火即將噴發而出。他在尋找出口，而徒步旅行、散步、漫遊不僅讓他有所紓解，也將這股熱火導向詩。

在《序曲》第二章裡，華茲華斯寫下他就讀劍橋大學前在湖區的散步與成長：

……我的清晨走路
一大早就開始；通常是在上學前的數小時
我環著我們小小的湖泊走，五英里
舒心爽神的漫遊；好個快樂時光！
……
　　　要說清楚究竟
春天與秋天，還有冬雪，
以及夏蔭，白日與夜晚，
傍晚與早晨，睡眠與清醒，
從源源不絕的源泉傾瀉出什麼
來滋養宗教之愛的精神，真是話長，
在這樣的精神裡我與自然一起散步。

從小養成的走路散步習慣，讓他在生命志業抉擇時

刻有所依恃與指引。或許可以說，他的《序曲》也是他個人的走路歷史，身為讀者，要很有準備才有能耐跋山涉水近八千行的詩行。

華茲華斯這首《序曲》是在他過世後才出版，不過早在1805年首稿完成時，就曾以兩個星期的時間於傍晚時刻親自朗誦給詩人好友柯立芝聽。也是大詩人的柯立芝形容華茲華斯聲音低沉渾厚，聽他朗誦很愉快，稱讚這是一首傑作，華茲華斯無疑是一位偉大詩人。

以平凡人的語言，刻畫平凡中的不平凡

散步漫遊也關乎華茲華斯民主信念的養成與堅持。在自然裡行走，有晴、有陰、有雨、有狂風、有暴雨，路上也會碰到各式各樣的人，特別是窮苦人或行乞者。他寫平凡人，用他們的語言，呈現平凡中的不平凡。從詩裡我們看到華茲華斯與他們談話互動，刻畫他們的精神面目。

〈賽門‧李〉（Simon Lee）裡一貧如洗的老獵人，雖身在社會的最底層，卻能發出真摯光亮的微笑。〈荒廢的村舍〉（The Ruined Cottage）裡原來樂觀溫暖的農婦，因為圈地政策與戰爭而夫散子亡，最後貧困淒涼以終，華茲華斯寫得感人至深。還有〈決心與自主〉裡四處流浪抓水蛭的老者，雖窮苦卻不卑不亢。在〈坎伯蘭的老乞丐〉（Old Cumberland Beggar）這首詩中，華茲華斯一

開始就直接描述這位乞者：

　　在我行走中曾看到一位老乞丐；
　　他坐在大馬路旁邊一個結構
　　低矮做工粗糙的砌石堆上，
　　它被建在一座大山丘的山腳旁，
　　為的是讓牽著馬走下陡峭崎嶇
　　道路的人能在此輕鬆重新上馬。
　　石堆頂部鋪有寬闊光滑的石板，
　　老人將他的拐杖往那上面一放，
　　從被麵粉染白的袋子，這村裡
　　年輕姑娘的施捨，一一取出裡面的
　　殘糕剩餅，以慢慢盤算的
　　專注嚴肅神情檢視它們。在陽光下，
　　他坐在那個砌石堆的第二個階梯，
　　四周是無炊烟繚繞的荒山野嶺，
　　他坐著，孤伶伶地吃著他的乞食：
　　食物的碎屑從他中風的手撒落下來，
　　顫抖的手雖極力避免浪費，
　　仍是力有未逮，碎屑像一陣小雨
　　灑落在地上；一隻隻小山雀
　　靠近他的拐杖半根長的範圍，
　　未冒險啄食注定屬於牠們的一餐。

他在這首詩裡多所議論。雖說老乞丐老得抬不起頭，走路只能盯著地上，視野僅限腳前一塊地方，看不到田野鄉間景色與山丘峽谷天空，但他仍是上帝創造萬物中的一員，擁有善質，得享有自然的寧靜。因此，精明能幹但心思不寧的政治家們自豪於自己的才幹與聰明時，不要將這樣的乞者視為人世的負擔，像討厭蟲一樣掃除掉！只要老乞丐願意，他隨時隨地可以坐在樹蔭下或馬路邊的草坡上，與鳥兒們一起享用行乞來的食物，不被關進貧民院過著囚犯般的生活，失去自由。詩最後說，讓他在自然裡生，也在自然裡死。

為浪漫主義詩歌定下基調

年輕時的華茲華斯嚮往並熱烈支持標舉自由、平等、博愛的法國大革命。1791到1792年間，他再度前往法國，與一些革命黨人接觸，並與安妮特‧法隆（Annette Vallon）交往，兩人未婚生下一個女兒，名喚卡洛琳，但他卻在盤纏用盡時不得不回到英國。1793年英國對法國宣戰，英法交惡的情況下，究竟要效忠哪個國家，撕裂著華茲華斯。此外，1793到1794年法國發生恐怖統治，也讓華茲華斯對法國革命的進程漸感破滅，加上在感情上也遭受著罪惡感折磨，他因此陷入絕望深淵，精神瀕臨崩潰。

幸虧他的妹妹多蘿西（Dorothy Wordsworth）適時出現，陪哥哥同住，與他一起走路、散步，讓他再度見到自然熟悉的臉孔，精神因而修復，心力也不再流轉於外在事件，就此確定了寫詩的職志。

　　1795年，華茲華斯與柯立芝以詩緣相識相惜，在自然裡散步，更掀起英國文學史上一場詩歌革命。他們在1798年匿名出版了《抒情歌謠集》，這個未獲評家注意小小詩集的出現，卻是英國文學史上第一個如此直白宣告一個新文學的開啟。當時才二十一歲的散文作家海茲利特聽到柯立芝朗誦其中幾首詩給他聽，後來回憶說：「我感覺到詩的一種新風格與新精神來臨。」

　　1800年，華茲華斯於再版的具名詩集新增了一篇歌謠序，提出「所有好詩都是強烈情感的自發性湧現，此一湧現源自於寧靜裡感情的回憶」的文學主張，因為寧靜使感情之晶呈現，昇華出價值，自然流露出詩的高度與深刻。

　　此說法為浪漫主義詩歌定下基調。他在序裡將詩在人類裡的性質清澈出來，指出詩不是裝飾與配角，而是生命之歌，於史詩於抒情皆然。他更將詩人的地位恢復到 "poet" 這個字的原意，也就是創造者。歌謠集收錄的詩中，又以〈旅途中重遊威河兩岸，作於廷騰寺上游數哩處〉（Lines Composed a Few Miles above Tintern Abbey, On Revisiting the Banks of the Wye during a Tour, 通常簡稱

〈廷騰寺〉）最常被引用與受到討論。

他把詩從傳統宮殿裡解放出來

　　由於無法忘情在湖區成長的生活，1799年，華茲華斯與妹妹多蘿西搬到格拉斯密的鴿廬（Dove Cottage）定居，直到1808年。一般認為，1798到1808年這十年間是華茲華斯創作生命的高峰期。

　　1802年，鴿廬多了一位女主人，她是多蘿西的好友，也是華茲華斯小時同學瑪麗·哈欽生（Mary Hutchinson），兩人於1802年結婚。華茲華斯在確定與法國女友法隆無法再續前緣後，與瑪麗攜手偕老，而法國那段情緣他對瑪麗也無所隱瞞，這除了他質樸的個性外，與瑪麗開朗大方善良的個性應也有關係。

　　鴿廬裡的三位居民都是湖區的散步能手，而他在1802年安定下來的心情，亦可見於當年九月三日在曙光乍現時散步西敏橋時寫下的一首十四行詩：

　　　大地把最美的展現在這裡：
　　　只有靈魂麻木者才無視於
　　　如此雄麗動人的風光景物：
　　　此刻整座城市披著早晨的美麗，
　　　彷彿穿著一襲晨衣；煦靜清清，
　　　船舶、塔樓、圓頂、劇院、教堂

——往郊野開展，指向天空；
全都燦亮晶閃在清澈的空氣裡。
太陽從未用它的第一道金輝如此
把山谷、岩石、山丘染得這般璀璨；
我從未見過、感受過如此深沉的平靜！
河水隨其心意舒緩自在地流：
上帝啊！就連屋宇似都在沉睡中，
整個強大的心臟靜躺不動！

　　思想家暨走路達人的梭羅曾說，散步需要天分。散步的天分不是表現在雙腳機械地交換走到目的地，而是精通散步的血脈鮮活藝術。華茲華斯不僅擁有精通散步藝術的天分，還在散步中綻放詩的花朵，寫出劃時代的詩篇，因而與莎士比亞、米爾頓並列英國詩歌傳統三大名家，同時對現代詩帶來深遠的影響。

　　所謂天真乃是能接觸天空的真實。華茲華斯是真摯且天真的人，他不僅感受到人世的炎涼，尤其能接觸自然之美的深邃，以及偶然的豐富。我們閱讀他的詩篇時感覺到他像赤子，一位有著成熟的赤子之心的詩人，以生命湧出的詩質在自然裡劃動唱吟。他把詩從傳統宮殿裡解放出來，在自然的原野與溪流與大山裡，讓詩像螢火閃動、像老鷹飛長，他是個老人也是個小孩，他是小孩也是老人，他是華茲華斯，一個人類的詩象徵。

拾堅果

似乎有那麼一天，
（我說的是許多殊勝中的一個）
在那些天堂歲月裡不會消逝的一天。
我帶著一股男孩熱切的希望，
步出田舍，踴躍出發
肩上背著一個奇大的行囊
手拿採果杖，踏著步伐
往遠處的林地走，一身古怪，
臉露自信，特意穿破衣舊褲，
這完全是節儉成性的房東太太
給的建議與一番好意——
東一塊西一塊破舊的衣服，不怕
荊棘、矮叢、懸鉤子刮破，說真的，
用不著穿得這麼襤褸！踏著人跡未至的山岩，
穿過叢生糾結的羊齒蕨，還有雜亂的灌木林，
我往前推進，來到了一處珍貴的祕境，
從未有人探訪，這裡沒有殘枝
枯萎著敗葉，肆意破壞的跡象；
僅見一棵棵榛木高高聳起

直指向天，垂掛著串串誘人的榛果，
好一片處女林地！我小立片刻，
壓抑心的膨脹，我呼吸著，
沉浸在快樂歡欣裡；同時，知所克制
美色的耽溺，不怕有人爭搶地，望著
這饗宴；間或坐在林樹下
花叢裡，同朵朵鮮花玩耍嬉戲；
厭倦於久久等待的人，當突然地
獲得超過一切所能希望的幸福時，
他們也會有這種心情。
也或許是在一處林蔭下方，不為人眼所見
花期五季的紫羅蘭，在林木的綠葉間
再度顯現，又消逝；
那裡可聽到水流受阻於岩石發出不絕
的低語；我看到閃閃發光的水花，
我將臉頰枕在碧綠石頭中的一顆，
在多蔭的樹下，環繞在我四周的石頭
長滿羊毛般的綠苔，錯落有若羊群。
就在那種既歡樂又安逸的輕鬆
心情中，我聽到像竊竊私語的
低低聲音；喜悅跑不掉了，
我的心就此沉湎於無感無覺之物，
將溫情揮霍在無生命的樹椿和石頭，

還有飄渺的空氣。然後我一躍起身，[1]

將大小樹枝生拉硬拽拖到地面，來回撞擊

無情大肆破壞：原是榛木成蔭的祕境，

綠意盎然與苔鮮如茵的林蔭，

慘遭破相和汙損，隱忍地放棄

他們安靜的生命：除非此刻的我

將現在與過去的感覺混淆，

那麼，當時從斷幹殘枝的林樹轉過身，

正為自己的富裕賽過國王而歡欣時，

一見那靜默的林樹與闖進來的天空，

我就有一種痛苦的感覺。

所以，我至愛的姑娘，當沿著林蔭走時，

請帶著溫柔的心，以溫柔的手輕輕

觸撫，因為森林裡住有神靈。

---

1 從這一行起到「富裕賽過國王」止，表現出男孩無法抵擋對這片如
仙境的處女地加以控制破壞的誘惑，暗示人性中對美好溫和事物加
以控制破壞時所產生的快感的陰暗面，這種陰暗的人性也可能發生
在對自然美景好奇喜愛的男孩身上。事實上他的拾堅果探旅，從一
開始就表現出像去打獵一般，所以詩名是 "Nutting"，不免讓人聯
想到 "hunting"。

她住在人跡罕至的地方

她住在人跡罕至的地方
　鴿子河源頭近旁，
一個沒人讚美的姑娘
　也沒什麼人愛她：

好似長在布滿青苔的岩石邊
　半隱半現的紫羅蘭！
美麗如一顆晚星，獨自
　爍亮晶閃在夜空。

她活著無人聞問，也極少人
　知道當露西離世；
如今她躺在她的墓裡，
　啊，對我這是風雲變色！

往昔我在陌生人之間流轉

往昔我在陌生人之間流轉，
　客居海外遙遠異鄉；
英格蘭！直到那時方知
　我心中對妳的那份愛。

逝遠了，那個憂傷的夢！
　我再也不會離開妳
到海外，我對妳的愛
　好似日深一日。

在妳的山嶺間我感覺到
　心之所欲的喜悅；
我珍愛的人搖著紡車，
　坐在英國的爐火邊。

妳晨光輝亮的，妳夜幕遮蔽的
　是露西遊戲的林蔭；
妳的青青草地也是最後
　映現在露西的眼眸裡。

水仙

我孤獨漫遊像一朵雲
高高飄過山谷與丘陵，
忽然間墜眼來一大片，
一大片的金黃色水仙
在湖畔邊，在群樹下，
隨著微風閃搖跳著舞。

綿延似繁星輝射耀亮
在銀河上閃閃眨眼，
它們以無盡的行列鋪展
沿著湖灣的邊緣：
我一眼便望見成千上萬朵，
搖擺著它們的頭跳著輕快的舞。

近旁的湖波也跳起舞；不過
水仙的歡樂更勝閃耀的湖波：
詩人怎能不滿心歡喜，
擁有這樣快活的友伴：
我凝視——再凝視——未多想
這美景帶給我怎樣的財富：

只是經常地，每當我臥榻歇息
無所思或鬱鬱不樂時，
它們就在內心之眼，
這孤獨的至福，閃現；
然後我的心即充滿歡喜，
而和水仙翩翩跳起舞。

我的心雀躍

我的心雀躍每當看見
一彎彩虹展現在天際：
我年幼時即是這樣；
我成年後還是如此；
但願老年依然如是，
要不，就讓我死去！
孩童是成人的父親；
我可期望在我有生之年
每一日都保持對自然的虔敬。

這美麗的黃昏

這美麗的黃昏，安祥自在，

神聖時刻靜好宛如修女

滿懷崇敬凝神屏息；[1]

寬闊的太陽靜靜地沉落；

溫柔的天空籠罩著海洋；

聽！強大的神睜醒著，

此刻，正以他永恆的運行

發出雷鳴般聲響——無窮無盡。

我親愛的女孩！妳與我在此同行，[2]

若妳對莊嚴的思想顯得無所感，

妳的本性並未因此較少神聖：

妳終年躺在亞伯拉罕的懷裡；[3]

---

1 原文詩行是這樣："quiet as a nun / Breathless with adoration"，
  詩人在這裡成功使用明喻（simile），因而常被拿來當做例子說明。
  "Breathless"一方面加強黃昏的平靜，一方面又有極其興奮的意
  思，因而為接下來海的永恆運行意象預作鋪路。

2 這位與華茲華斯在海邊散步的女孩叫卡洛琳，是詩人早年與法國女
  友安妮特·法隆生的女兒，當時約九歲。

3 典出路加福音16:22：「後來那討飯的死了，被天使帶去放在亞伯拉
  罕的懷裡。」意指，靈魂註定上天堂的的人，死後得以安息。不過
  詩人在此使用這個典故主要是強調孩童與人性崇高的緊密關聯。

在聖堂的祕密神殿中禮拜，
上帝一直與妳同在而我們渾然忘失。

為喜悅所驚

為喜悅所驚——急切如風

我轉身分享若狂欣喜——啊，跟誰呢

只有妳，而妳已深埋在靜靜的墓裡，[1]

人世盛衰榮枯找不到的地方？

愛，忠實的愛，把妳召回到我心裡——

而我怎會忘記了妳？是何力量

讓我受蒙蔽到這般田地，竟然

在一時片刻之間把妳忘記，

我最切痛的損失！一思及此

就觸動我最是痛澈心扉的傷悲，

除卻一個，即是當我孤零佇立，

明白了我最心愛的寶貝已不在；

無論是此時此刻或未來時日，

我再也看不到那聖潔的容顏。

1　此處的妳，是指詩人四歲就過世的女兒凱瑟琳，是他第四個孩子。

世界讓我們難以承受

世界讓我們難以承受，此前與未來，

獲取與消費，我們暴殄我們的能力：

我們付出心力，卻得到齷齪的恩賜！[1]

大海對著明月坦開她的胸懷；

會無時無刻怒吼的風，於今

像入睡中的花朵收攏起來；

對此，對每一事物，我們全走調；

無能感動——偉大的上帝！我寧願是

由過時的教義撫育的異教徒；

這樣，當我站立此宜人的草地

瞥見眼前景物或可稍減孤涼之感；

看得到普羅特斯從海面上升起；[2]

或聽到老特里頓吹起飾著花環的響螺。[3]

1　原文是 "sordid boon"，為矛盾修飾法（oxymoron），意指物質主義是一種具有摧毀性、敗壞的恩賜，並凸顯金玉其表敗絮其中強烈內外反差產生的張力。

2　Proteus為希臘神話裡一位早期的海神，有預知未來的能力，經常變成各式型態樣貌。

3　Triton為海王波斯頓的兒子，人魚形象，吹海螺殼當作號角，掀起海浪。

決心與自主

一夜狂風呼嘯不止；
大雨湧湧傾瀉不歇；
此刻卻是初陽煦麗輝射；
鳥兒們在遠方的林子歌唱；
野鴿沉想著自己甜美的歌聲；
松鴉在應答，喜鵲嘰嘰喳喳；
空氣裡充滿著水流的歡樂嘈雜。

所有喜愛太陽的萬物都來到屋外；
天空因早晨的誕生綻開笑靨；
青草清亮著雨珠；荒原上
野兔快喜興奮奔跑；
在泥濘的地上她的腳
濺起了迷濛，晶晶映閃晨光，
她跑到哪兒，晶閃的迷濛就到哪兒。

我一個人那時在荒原上行旅；
我看到野兔快樂地來回奔跑；
我聽到林樹與遠方水流嘩嘩作響；
或什麼也沒聽見，像個男孩雀躍著：

我的心沉浸在舒暢的時節：
沒有往事舊憶徘徊的餘地；
徒然且令人憂傷的人間百態亦無跡。

不過，就像有時會發生的，當
心裡的喜悅來到了極境之地，
我們的心緒會變得十分低落
沮喪的陡下如同喜悅的高升；
這正是我那天早晨所遇的心境；
種種恐懼與幻想如浪潮般翻來湧至；
無由的哀傷與蒙昧的胡思，我無所知，亦無以名之。

我聽到雲雀在空中婉囀清唱；
我想起那隻活潑蹦跳的野兔：
就算我是如此快樂的大地之子；
就算我活得像這些有福的造物，
遠離塵世心寬神闊地散著步；
不過也許有一天叩敲我的是 ——
孤寂，悲傷心痛，沮喪，與貧困。

我的一生活在愉快的沉思裡，
彷彿人生之事只不過是個夏日心情；
彷彿所有必要之物會不求而來

祇要有溫暖的信心，尚保有豐暖的善良；
不過一個人怎能期望別人為他
建造，為他種田，憑他的呼喚
愛憐他，當他對自己一點都不在乎？

我想到那個不凡的男孩鍥特頓，
無眠的靈魂在正青春時殞命；
還有那位走在榮耀與喜樂裡，
扶著他的犁，耕著山坡旁的田地；
我們以自己的信念將自己神化：
我們詩人年輕時以歡欣之情啟航，
不過到頭來卻以沮喪和瘋狂收場。

不管這是不是神特別的恩寵，
來自上方的引導，從天而降的賜予，
它是這般降落在此荒涼之地，
正當我與這些失控的念頭鬥爭之際，
來到太陽下一無遮蔽的塘邊，
我看到一個人，他未察覺到我：
他看起來像是白髮蒼蒼者中最老邁的人。

彷彿有時看到的一塊巨大的石頭
橫躺在一個禿頂的山丘上；

所有見此景象者莫不稱奇，

它如何來到這裡，又是從哪裡來；

它看來像是擁有知覺的物件：

仿若一頭海獸匍匐前進，要到礁石上

或到海灘邊憩息，在那裡曬太陽。

此人看來就像這般，既不是全活也不是死了，

也不是完全睡著，就是一位年歲很高的老者：

他彎腰傴僂，生命的旅程一路走來，

他的頭漸漸往雙腳方向靠近；

那模樣好似他曾經在非常久遠以前，

遭遇過某種極端痛苦，或劇烈病痛，

一個超乎人的重量曾長期壓在他的軀體上。

他把自己撐起來，將雙手、身體、蒼白的臉，

靠在一根長長灰色削整過的木杖上：

而當我輕輕踩著腳步靠近，

這位老者依然站在沼塘邊上，

像一朵雲般一動也不動，

這雲朵聽不到疾風的大聲呼喊，

若果移動的話，就會整個移動。

他終於動起來，拿起他的木杖

往塘裡攪一攪，專注定睛看著
渾濁的水面，仔細地審視觀察，
就像是正細細精讀著一本書：
我於是仗著自己是個陌生人，
往他身邊靠近，向他說道：
「這個早晨給了我們整天陽光普照的希望。」

老者聽了給我溫和的回答，
從他嘴裡慢慢吐出客客氣氣的話：
於是我接著又問他說：
「您在那兒做著什麼活？
「對您老人家這是個孤寂的地方。」
在他回答之前，一閃微微的驚訝
從他依舊活脫生氣的黑眼珠投射出來。

他虛弱的胸膛有氣無力地吐出他的話，
不過一個字接一個字，井然莊嚴，
話裡帶有某些高超的東西——
經過斟酌選用的字句已然超過
一般人的程度，真是莊重的談吐；
就像在蘇格蘭過嚴肅生活的人講話方式，
宗教人士對上帝與人那種確切的應答。

他告訴我說，因為他既老又窮，
所以只能來這些沼塘抓一些水蛭：
做這種事危險又吃力！
除此他還有許多艱難困苦要忍受：
一個沼塘走過一個沼塘，一個荒原走過一個荒原；
棲身處，托上帝的福，自己找到或憑運氣；
就這樣他得以靠著自己誠實過活。

站在我身旁的老者繼續說著；
不過現在他的聲音聽來像條小溪，
幾乎聽不到，無法分辨說出的每個字；
此時老者整個人的身影像是
我夢中曾遇見過的人似的；
又像是一個被從遠方派來的人，
帶給我適切的告誡賜給我人的力量。

我先前的思慮又回來了：要命的恐懼；
還有那不願被餵食的希望；
寒冷、痛苦、操勞，以及肉體的病痛；
非凡的詩人們在悲慘中死亡。
不知所措，帶著獲得撫慰的渴望，
我急切地重新提出問題，
「您是如何營生？您是做什麼的？」

他臉露微笑然後反複他的話；
說他為了收集水蛭，東奔西走
到處去；都這樣攪動他腳下
沼塘裡的水，因為水蛭就棲息在那裡。
「曾經牠們多到我一站就麕集過來；
「但許久以來牠們漸漸越來越少；
「但我還在撐持，到任何我能到的地方尋找。」

當他這般說話時，這孤寂的地方，
老者的形體，他說的話，在在困擾著我：
我心靈之眼似乎看到他行走在
一個個讓人疲累的荒原永無終日，
形單影隻默默不語地到處漂泊。
當這些念頭在我腦海裡轉時，
他，停頓片刻，又重拾同樣的話。

很快地他的話摻進了別的事，
高高興興地說著，態度親切，
不過整體印象是莊重；就在他語畢時，
我幾乎要嘲笑自己，自我奚落，
一位衰弱老者竟有如此堅實的心智。
我說，「上帝啊，請助我保存這個見識；

往後時日莫忘這抓水蛭的老者孑然一身在荒原！」

汽船、高架橋、鐵路 [1]

移動與方法,在陸地在海洋
和過去的詩意感受交戰,這個則否,
甚至是詩人也不會認為你們失當!
你們的出現,不管對自然的可愛
造成怎樣的損害,也不會阻礙
心靈獲得未來變化的預感,
在靈魂裡你們是何物
那個願景的要旨可能被發現。
雖然美感會拒絕甚多你們面目上
的瑕疵,自然依然會擁抱你們,
她的人為技藝的合法子孫;而時間

---

1 這首寫於1833年的商籟詩,其主題與我們所熟悉的華茲華斯對自
然的讚歎相去甚遠。1830年9月15日,英國第一條完全以蒸汽為動
力、連接利物浦與曼徹斯特的鐵路啟用,其便利與時效對當時的人
造成不小的震撼。華茲華斯雖不喜歡這些新型交通工具對自然之美
造成破壞,依舊思索著物質進展在人類文明所具的可能意義。事實
上,他早在《抒情歌謠集》序裡即曾言,詩人寫作的主題應包括
「物質上的革命」,而他也果然在三十年後將之納入他的書寫範
疇。不過,1844年當鐵路要開到他居住的湖區,就遠超出他忍受的
範圍,一改在這首詩裡的正面態度,他全力抵抗,並在報紙上發表
商籟詩加以抨擊。

也滿意於你們征服了他的空間兄弟，

接受你們大膽雙手獻上的希望的

冠冕，以快活的雄偉對你們微笑。

彷彿發自人心深處的迴音
——柯立芝

(Samuel Taylor Coleridge, 1772-1834)

以詩作〈古舟子詠〉與〈忽必烈汗〉聞名的湖邊詩人柯立芝，他的演講有多吸引人呢？1798年一月的一個寒天裡，當時年僅二十歲的散文大家海茲利特為了聽柯立芝的演講，天未亮就出發前往演講所在的教堂，結結實實走了十六公里的泥濘路！

當他抵達時，教堂的管風琴正演奏著讚美詩篇，接著柯立芝開始禱告，海茲利特形容他的聲音「升起，彷如一股醇厚澄淨的香氣，而在響亮、深沉、清楚吐出最後兩個字時，那聲音像是發自人心深處的迴音」。續又描述他以老鷹嬉風之姿進入主題，內容是關於戰爭與和平，教會與國家的分離。海茲利特聽畢滿心歡喜，覺得這般縫合詩與哲學的講道，讓他彷彿聽聞天籟之音。

那是詩的臉孔

其實當晚在教堂昏暗燭光下，海茲利特從後方遠觀講道壇上的柯立芝，還以為他臉上長天痘呢，不過隔天與他面對面後發現，柯立芝的額頭又寬又高，彷如象牙般光滑，眉毛大且突出，眼睛像閃著黑色光澤的海洋，嘴巴豐潤性感雄辯，只是鼻子顯得短小無力，與他的成就不太相稱。他的體態則有些肥胖，像哈姆雷特，長髮濃黑垂額，狀似傳統畫像裡的耶穌，只是顏色不一樣。

柯立芝講求用語意思界定清楚。對談中，柯立芝一再打斷海茲利特講話，詢問他：「你說的感知是什麼

意思？」、「你說的理念是什麼意思？」這樣的問話次數多到讓他數不清。隔天柯立芝要返回住居地，海茲利特陪他走了六英里，一路上柯立芝口若懸河，走路忽左忽右無法保持直線，可以想像當時海茲利特不僅耳朵要聽、頭腦要思考，還要注意配合步伐，免得擦撞跌倒。

我第一次閱讀海茲利特寫柯立芝的名作〈我與幾位詩人的初相識〉（My First Acquaintance with Poets），看到這一段時哈哈笑出來。二十幾年前有位詩人朋友來訪，那時我在陽明山住居的路兩旁有好幾棵高大的楓香樹，是一條很適合散步的小徑。走這條小徑送詩人去搭公車時，他一股腦兒談著形上學，一下子走在我右邊，一下子走在我左邊。一開始我還真愣住，心想怎會有人這樣走路？不過他渾然不見我為難的表情，而我又不好意思指出他這種奇特的走路方式，只好配合他忽左忽右了。

海茲利特早就聽聞柯立芝談話功力，那日終於親身經驗，果然名不虛傳！他說，過去不曾遇過這樣的人，未來也不會碰到。自個兒走回去的途中，耳朵一直有想像力的聲音在耳裡縈繞，還有一道光在他面前，那是詩的臉孔。

見解獨到的詩之知音

那年春天他接受邀請回訪柯立芝，從居住的史洛普郡（Shropshire）威姆村（Wem）到距離詩人居住地

森麻實郡（Summerset）斯朵倚村（Stowey），距離約一百二十多英里。海茲利特徒步前往，一路旅行，有時在旅店徹夜看小說，有時在河邊漫步，有時去看戲或看畫，也寫一些感受。這般走走停停，終於抵達目的地，並受到詩人盛情款待。

隔天一早用過早餐，兩人一起散步到公園，同坐一根橫在地上的枯幹上，柯立芝以宏亮、悅耳的聲音朗誦幾首收錄在《抒情歌謠集》的詩給他聽。海茲利特在聆賞後寫下的感受，後來常被引用，他說：「我感覺到詩的一種新風格與新精神來臨到我身上。對我而言，它有新鮮的泥土或春天第一個讓人喜愛的氣息出現的效果。」

這次的拜訪，海茲利特遇見從布里斯托到柯立芝家作客的華茲華斯。他形容這位詩人削瘦，有唐吉軻德的氣質，衣著舊式簡樸，眼睛閃射熱火，鷹鉤鼻，額頭窄而緊實，表情莊重，笑聲爽朗，談吐自然直率。

他感受到兩位詩人朗頌詩歌的魔力，讓聽者不由自主解除批評的武裝。在他看來，柯立芝給人的感覺較洋溢、熱烈、多變，華茲華斯則較平穩、持續、內在性。可以說，柯立芝富戲劇，而華茲華斯則富抒情。柯立芝曾告訴海茲利特，他喜歡走在不平的路面上作詩，華茲華斯則喜歡在平直的舖石子路上來來回回邊走邊作詩。

事實上，海茲利特可不是一個毫無自己想法的追星客，他在十三歲之齡就投書報紙，抗議譴責暴民劫掠科

學家兼傳道師普里斯特利的住家，這位科學家因公開慶祝巴士底監獄解放兩週年而遭保皇反動民眾暴力相向。

　　海茲利特出身激進家庭，他的父親是當時被視為激進的唯一神教派（Unitarianism）牧師，曾公開在講道壇上支持美國獨立與法國革命。海茲利特本身則終生秉持自由、平等的信念，以及法國革命推翻君主統治背後的原則。他與柯立芝同為當時英國最重要的文學批評家，此外，他也是畫家、哲學家，亦擅長文化與戲劇批評，寫文章和講話一樣快，就算文內引經據典，依然可以一氣呵成，一字不改。

　　見解獨到的海茲利特，也是那個時代唯一對華茲華斯在詩歌上的創新提出社會學觀察的人。他指出詩歌類型、主題與措辭的傳統階層體系，一直以來反應社會的階級結構，華茲華斯一舉打破這樣的階層體系，在文學革命所起的作用，相當於法國革命在政治與社會上造成的影響。

移民夢幻滅

　　柯立芝生於1772年，長海茲利特六歲，他心智早熟，擅於玄想思辯，就讀劍橋大學耶穌學院時，發現學校能帶給他的智識刺激少得可憐，因而變得懶散，甚至放蕩欠債，絕望之餘逃到倫敦，入伍輕龍騎兵團（Light Dragoons），成為英軍史上難得一見不適格的騎兵。後

來，他哥哥出手解救，他再度回到學校唸書，不過還是無法適應，於1794年離校，未獲任何學位。

他在離校的這一年創了一個新字，從此留在英文字彙裡，這個字是"Pantisocracy"（大同世界），它的創生緣於他與當時就讀牛津大學的羅伯特‧騷塞（Robert Southey, 1813-1843的英國桂冠詩人）的相識。

騷塞好詩文，在宗教與政治上的表現激進，同情法蘭西第一共和的政治實驗。柯立芝與騷塞兩人計畫在美國建造一個理想的民主社區，柯立芝將之命名為"Pantisocracy"，也就是平等統治的意思。一位嘴巧的美國房地產經紀人遊說他們，賓州的薩斯奎漢納河（Susquehanna River）河畔是理想的建造地，於是他們一行共有十二人參與。不過，想在那裡長久居住必須先成家，於是柯立芝便與騷塞未婚妻的妹妹莎拉‧弗雷克（Sara Fricker）訂婚。只是這個計畫最後並未實現，但騷塞堅持柯立芝要與莎拉成婚，結果不出幾年，夫妻兩人就貌合神離了。

這個移民美國創立民主自由社區的計畫失敗後，柯立芝的激進熱度也漸漸消退，並轉趨保守，同時在宗教信仰上亦轉為堅定的英國國教派信徒。

提出有機體形式的論述

海茲利特聽到柯立芝的那場講道時，柯立芝當時原

本打算擔任一神論教派的牧師，後因英國陶瓷「瑋緻活」
（Wedgwood）創始人的孫子提供他每年150英鎊的年金
而作罷，因為附帶條件是放棄就任牧師一職。當不成牧
師的柯立芝，於1798年與華茲華斯共同出版劃時代的
《抒情歌謠集》，並於當年冬天一起前往德國。

　　正是在德國的哥廷根大學上課期間，他開始對康德
所探索的「先於經驗而使經驗得以可能的條件」的超驗
哲學產生濃厚興趣，從此終生從事康德哲學與後康德德
國哲學的研究，這使得他在母國英國講究經驗哲學的氛
圍裡顯得不合時宜。不過，他也因此開創性地提出有機
體形式的論述，影響後世文學理論與批評深遠，特別是
對於愛默生、超越主義，以及二十世紀中期的新批評的
影響。

　　在一本由後人幫他集結的《談莎士比亞》的專論裡，
其中一篇他談到機械的形式與有機體形式的差異。柯立
芝反對新古典主義的機械形式，也就是將既存規矩的形
式強加在文學材料之上。早於新古典主義的莎士比亞，
其戲劇作品卻能超越規矩，表現出有機體形式，像植物
的生長，由內而發，依靠的是其自身的生長法則，自然
長成一個有機的整體，部分同時是目的也是手段，與整
體息息相互依存。

　　另外，在開啟英國文學理論先河的《文學傳記》
（*Biographia Literaria*）裡，柯立芝界定了想像（imagination）

與幻想（fancy）的不同。他認為上帝的創造是一持續不斷的過程，這是第一級想像。此一創造過程在人類心靈的思覺創造過程中（主要是想像）被重複，這是第二級想像。詩人所代理的想像，在於拆解第一級想像的產物，以便將它們塑造成一個全新又整體一如的創造，也就是想像作品或詩篇，這是第三級想像。至於幻想則僅是操縱思覺現成的固定與明確之物，藉由聯想加以連結，其產物並非再創造的結果，而是像鑲嵌一樣，重新組合已存在的七零八碎的東西。

談話詩：以日常語言展現詩意的意像與思想

前面說過柯立芝講求用語準確，因此他在《政治人手冊》（*The Statesman's Manual*）裡批評當時人曲解米爾頓在《失樂園》裡所塑造的撒旦，特別是拜倫的撒旦式英雄，也就不足為奇了。

柯立芝認為，《失樂園》裡撒旦的驕傲展現在意志上，亦即視自己的意志是行為唯一的絕對動機，在此絕對動機下，所有其他的動機，不論是出自內在與外在，都必須臣服於其下，或是被粉碎，表現出完全的自我，以及對他人的殘酷無情專制極權。然而，當時流行的撒旦式英雄千篇一律都是一副在希望裡仍垂喪一張臉，激烈裡帶有狡猾，魯莽裡顯現詭詐，內在有著不可移動的決心，外在則焦躁不安，像個陀螺轉個不停。這些是不

可一世的天才、惡作劇大師、扼殺自由的人所具備的特質，不過卻是對米爾頓筆下的撒旦的誤解。

在影視時代，我們都已習慣並接受科幻片或恐怖片裡有違常理或現實的事物或情節出現在故事中，因為這樣才能達到娛樂效果。也就是說，我們願意擱置我們的懷疑，把自己放進超現實的世界，這在文學戲劇裡有一個專有名詞：willing suspension of disbelief，由柯立芝在1817年所創。

柯立芝的原創，還表現在詩裡以日常談話的語言去展現豐富、詩意的意像與思想，後世評家將他賦有這些特色的八首詩集結成一組，稱之為「談話詩」（Conversation Poems）。這八首分別是〈風奏琴〉（The Eolian Harp, 1795）、〈懷想離開的一隅幽靜地〉（Reflections on having Left a Place of Retirement, 1795）、〈這方萊姆樹蔭是我的幽靜所〉（This Lime-Tree Bower my Prison, 1797）、〈夜半霜〉（Frost at Midnight, 1798）、〈孤獨裡的恐懼〉（Fears in Solitude, 1798）、〈夜鶯：一首談話詩〉（The Nightingale: A Conversation Poem, 1798）、〈失意賦〉（Dejection: An Ode, 1802）、〈致威廉‧華茲華斯〉（To William Wordsworth, 1807）。其中以〈夜半霜〉最為人所傳誦。華茲華斯的大作〈廷騰寺〉與《序曲》，即是深受柯立芝「談話詩」的影響。

富含深邃的思想的智者

不過這個文學天才卻一生遭受病痛折磨。一般懷疑他可能患有躁鬱症，只是當時的醫學仍對這種病症陌生，因此醫生開給柯立芝服用的藥是鴉片酊，也就是將鴉片溶於酒中飲用。結果他未蒙其利反受其害，因此染上鴉片癮。除了身體的病痛，他也常常消沉、沮喪、作噩夢。1810年，他與華茲華斯發生劇烈爭吵，最後決裂，這是他人生的最低點。後來兩人又重修舊好，於1828年再度一起旅行。

柯立芝生命最後的十八年相對愉快。1816年，他搬到倫敦郊區的高門（Highgate），由好友醫師醫治他的鴉片癮並照料他的生活，雖然未能根治，但改善不少。他在高門的住房成為他的朋友、倫敦文學圈、來自英國與美國川流不息的朝聖訪客（其中包括慕名而來的愛默生）的聚集中心。人人都想要浸淫在這位「高門智者」（the Sage of Highgate）富含深邃的思想、廣博的知識、充滿詩意語言的談話裡。

這就是柯立芝，一個奇異詩人的旋風，當華茲華斯是清晰的湖畔與山谷，柯立芝是艱難的山，深奇的想像，有鷹的寓言與尋找人生之謎的氣質。

沒有希望的工作

詩寫於 1825 年二月二十一日

整個自然似都在工作中。蚯蚓離開牠們的巢穴 ——
蜜蜂鼓翼勞動 —— 鳥兒振翅飛翔 ——
而在野外沉睡的冬天，
他微笑的臉上帶著一個春天的夢！
這之中，僅我是唯一不忙之物，
既不釀蜜，也不找伴，也不建造，也不歌唱。

　　不過我熟知有那不凋花盛開著的河岸，
且曾經追溯找到湧出甘露水的泉源。
綻放吧，妳啊不凋花！綻放吧任誰都可看到，
但於我妳未綻放！香醇的溪水靜悄悄逝走！
抿著黯淡的嘴唇，無花環在額上，我漫步著：
你想學到讓我靈魂昏睡的魔咒嗎？
在篩子裡汲取甘露是沒有希望的工作，
而希望沒有依附的對象是無法存活。

夜半霜

夜霜執行它的祕密職務，
沒有任何風的襄助，小貓頭鷹的叫聲
響來 ── 你聽，又叫一次！聲大如前。
屋裡的其他人都睡著了；
獨留我一人靜靜醒著，
除卻在我身旁尚有我的小兒
在搖籃裡煦睡著香甜，
這般光景適合深思者沉想。
何其安靜！這奇異非比尋常的寂然，
安靜到讓冥想騷動不安。大海、山丘，和林野，
這人口稠密的村子！大海，和山丘，和林野，
裡面有數不盡生命的活動在進行，
靜悄無聲如夢一般！一抹細瘦的藍色火焰
在我身旁微弱的爐火上不有一絲震顫；
僅只煤屑在壁爐架上跳動，
此刻仍跳動著，是唯一騷動不安之物。
我想它的移動在此寂然的自然裡，
給了它與醒著的我有著幽微的共感，
使它成了一個可以作伴的模樣，
而寬閒的靈識以自己的心緒

解釋它微細的飄動與變幻，

在每處尋找自身的迴聲或映像，

把思索當作是一種消遣。

但是啊！如何經常地，

如何經常地，在學校時，帶著深信不疑的心，

似有預感，久久凝望著壁爐架上，[1]

定睛看著那飄動的*陌生人*！而就像經常

發生的，眼皮張開著，我卻已夢迴到

我甜蜜的出生地，還有那古老的教堂－塔樓，

它的鐘聲，窮人家唯一的音樂，敲響著

從早晨到夜晚，整個炎熱的定期市集，

它們狂野的歡悅是這般甜美地

騷動著我，讓我魂縈夢牽，掉落在

我的耳朵，就像未來之物發出的聲音！

我這般凝望，直到我夢寐的慰藉之物

使我安靜入睡，而睡眠延長了我的夢！

隔天整個早上我繼續沉想舊時日，

1　「預感」在這裡是指他小時候在學校看著壁爐架上的火，這般舉動
似乎是他此刻看著燃燒的微火與進入冥想的預感。當他是男孩時，
當然不會想到這是個預感，而是如今已是成人的他，看著燃燒的微
火，想起小時候也曾有如是行為，因此從此刻來看，當時已然對目
前的冥想狀態有預感。

被老師一張嚴峻的臉驚醒，因而

將眼睛盯住讓人頭昏眼花的書假裝閱讀：

除非門打開一半，而我捉住機會

快速瞥一眼，我的心跳動厲害，

因為我盼望能看到*陌生人的臉*，[2]

城裡的人，或姨嬸，或我更愛的妹妹，

我的好玩伴，當我們是穿著同樣衣服的少童時！

我的親愛寶貝，沉睡在我身旁的搖籃裡，

你輕匀的呼吸聲，在這濃濃的靜寂中，

將思想裡散置的空白

與瞬時的停頓湧滿！

我的寶貝如此的美！我的心

充滿柔嫩的喜悅悸動著，當我細量著你，

想著你將來會在更多不同的風景裡

學習更多不同的知識！因為我是在

2　「陌生人」在這裡以斜體字表現，似乎有反諷意味，也就是把和自己同類的靈魂說成陌生人。根據新柏拉圖主義學說，人在出生前擁有所有的知識，同時所有人都彼此認識。也因此能忍住渴而少喝忘川水的人，會對所有的所謂「陌生人」有似曾相識之感。若他們前世是在一起，那他們自然不是陌生人。而第三節第四行的壁爐架上的火也被視為是「陌生人」，因為它在燃燒飄動，詩中人似乎認得它，又不太認得，它好似試圖要傳達給他重要的訊息，也就是，詩中人與火焰，萬事萬物都是一體的，為神所創。

大城裡長大，被幽禁在暗淡的寄宿學校，
看不到令人愉快的景色，除卻天空與星子。
不過，我的寶貝！你將像一陣清風
漫遊在湖邊與沙灘，在古老山丘的
險崖峭壁下，在雲朵之下，
雲朵形狀好似映現湖泊與海岸
還有山丘的險崖峭壁：你將會
看到與聽見那永恆的語言，清晰易懂
讓人愉快的形狀與聲音，也就是
你的神，祂來自永恆教導著我們，
在萬物裡顯現，也集萬物在祂一身。
偉大的宇宙導師！祂將形塑你的靈識，
藉由給予自然禮物讓你的靈識探問。

因此，四季對你都應是可愛的，
不管是夏日為大地披上綠意盎然，
或紅胸知更鳥在苔蘚滿布的蘋果樹
光禿禿的樹枝上，於其簇簇殘雪間
棲息或歌唱，當附近的茅草屋頂
在陽光融雪間升起炊煙；是否屋簷上
的水滴掉落僅在冬風昏睡時得以聽聞，
抑或是霜的祕密職務
讓它們變成高掛無聲的垂冰，

静靜地閃射冬月冰靜的光輝。

風奏琴 [1]

我若有所思的莎拉！妳輕柔的臉頰倚靠
在我的手臂上，坐在我們的小屋旁
最是讓人寬心的甜蜜，我們的小屋披覆著
盛開白色花朵的茉莉，與闊葉的桃金孃，
　（天真與愛相稱的象徵！）
凝望雲朵，不久前才被金光妝點得華美，
緩緩漸次黯淡下來，也看到晚星
恬靜地閃閃爍亮（智慧當如此）
在雲朵對面輝射！從彼邊豆田傳來
陣陣的的香氣何其美妙！而世界何其寂靜！
遠方的海洋靜靜低喃
向我們訴說靜謐。

　　　還有那最素樸的風奏琴，
縱向置放在扣緊的窗扉，聽！

1　風奏琴（Aeolian harp, 亦作Eolian harp）是一種樂器，在木製共鳴
　箱上安裝數條琴弦，風吹動時琴弦會發出樂聲，在浪漫詩歌裡經常
　作為心靈的意象，或為詩啟狀態的心靈，或對心智的微風起反應而
　進入意識裡的覺知心靈。

如何在微風斷斷續續的愛撫下，

像半推半就的姑娘半臣服於她的愛人，

它傾瀉這般甜美的斥責，以致不得不

冒險去重複錯誤！此時，它的弦

更加大膽地被滑過，長長連續的旋律

隨著美妙的湧動下沉升起，

這樣一個輕柔流動的聲音魅力

好似暮光精靈所做，當他們傍晚時分

乘著和風航行打自仙境來，

那裡的旋律環繞著滴蜜的花朵，

像天堂鳥一般，無足且奔放[2]

不佇停，也不棲息，以不羈的翅膀翱翔！

喔！在我們內外的同一生命，

相合所有旋律並成為它的靈魂，

光在聲中，一種似聲音的力量在光中，

韻律在所有思想裡，喜悅無處不在 ——

我想，不去愛一個如此蘊藏豐富的世界裡

林林總總的一切將是不可能的；

2　自十六世紀起，巴布亞紐幾內亞就輸出天堂鳥的羽飾到歐洲，供歐
　　洲仕女作為帽飾之用。當地原住民在去除天堂鳥的肉與脂肪留下皮
　　和羽毛時，也會把牠們的腳砍掉，因此在未看到實際的天堂鳥前，
　　歐洲人一直以為牠們是無腳以羽翼翱翔的鳥，飲花蜜維生，所以稱
　　為天堂鳥。

在這裡微風鳴囀，而靜止無聲的空氣
是音樂在她的樂器上安然熟睡。

　　因此，我的愛！當我於正午時刻躺在
那邊山丘中段的斜坡處伸展著四肢時，
從我半閉著的眼睛我看到
陽光舞蹈，有若鑽石，在海面上，
平靜凝神思索著平靜：
充滿許多不請自來與無法置留的思緒，
與許多閒散掠過的幻想，
在我懶惰與被動的腦海裡來來去去，
本然不羈各式各樣像隨意飄來的疾風
在這個任其左右的風奏琴上膨脹與拍動！

　　要是全部有生命的自然
不過是有機體的風奏琴形狀各具，
顫動成思想，當一個思想的微風
既輕柔且遼闊，拂過它們，這微風
同時是個體的靈魂，與總體的上帝？

　　不過妳嚴肅的眼睛一瞪微微的譴責
射過來，喔摯愛的女人！混淆不清與
不聖潔的思想是妳所排斥的，

更且妳囑咐我謙卑地追隨我的上帝。

謙遜的女基督徒！

妳已經表達了且虔誠地斥責

這些未悔改自新的心所產生的形象；

這些無益哲學永遠胡說不休的泉上

浮起又散開讓人目眩的泡沫。

就因談祂我無法不感到罪惡感，

莫測高深者！除卻當我帶著敬畏

本著發自內在的信心，讚美祂；

祂以拯救的憐憫治癒我，

一個罪孽深重又極其卑劣可憐的人，

放蕩不羈又陰沉，祂賜我擁有

平靜，與這小屋，還有妳，尊貴的姑娘！

墓誌銘

停步，路過的基督徒！——停步，神之子，
以溫和的心胸閱讀。在這黃土下
躺著一位詩人，或說他生前似如此。
喔，花一點心思為 S. T. C. 祈禱；
許多年他在艱困的生命裡
發現生裡的死，而今他或可於此找到死裡的生！
要慈悲不求讚美——要寬恕不求聲名
他請求，並希冀，靠著基督。你們亦當如是！

野性的自由
——拳擊與寫詩的拜倫

（George Gordon Lord Byron, 1788–1824）

當華茲華斯與柯立芝對新古典主義的文學主張進行革命、引爆新風潮時，晚生他們十多年的拜倫也對他們的主張進行反抗。這裡應無誰的主張較好較差的問題，比較是世代、出生背景與個人氣質的不同產生的差異。華茲華斯與柯立芝年輕時都曾對標舉「自由、平等、博愛」的法國大革命有過憧憬，華茲華斯甚至與革命黨人有所接觸。由於懷抱極大的希望，因而當革命整個走樣時，遭受希望破滅的打擊特別嚴重，容易走向另一個極端，加上兩人活得夠久，所以有時間與機會在政治主張上變得保守。

天生反骨、頗有幽默感的拜倫為貴族之後，亦承繼貴族頭銜與上議院議員的身分，有較濃厚的城市氣質，因此傾向城市性諷刺文學的新古典主義，推崇詩人亞歷山大・波普（Alexander Pope）與約翰・德萊登（John Dryden），應是自然之事。

拜倫喜愛的文學風格與操作，正是華茲華斯與柯立芝所要推翻的，雙方因此互看不順眼，相互批評。不過這群湖邊詩人裡，拜倫批判最凶的當屬騷塞。騷塞年輕時也曾同情法國大革命，並一度與柯立芝計畫移民美國建造一個民主社區，最後無疾而終。去不成美國而續留英國的騷塞，在1813年膺選為桂冠詩人，並擔任此項職務長達三十年。1820年，當反民主、反自由的喬治三世駕崩，基於職務，騷塞寫了一首歌功頌德的悼念長詩

〈一個審判的景象〉（A Vision of Judgment）。由於內容諂媚到幾乎讓人噁心的地步，更且在前言數落了拜倫一番，將他冠上「惡魔學派」的魔頭稱號，於是拜倫回擊他一首〈審判的景象〉（The Vision of Judgment），把騷塞打得可說臉上無光。

嘲諷前輩毫不留情

審判的場景從守在天堂大門的聖彼得開始，拜倫在詩裡不僅狠狠嘲謔騷塞，還幽默了聖彼得與天使長米迦勒一番，當然也不放過喬治三世。這首詩的內容可說嚴重冒犯當時政治、宗教與文學界的當權者，出版商因此挨告，並被罰鍰一百英鎊。

拜倫在這首詩裡妙語如珠，讓人莞爾。話說天堂的高層無所牽掛，安享著天年，不過負責記錄人間如麻罪惡與災難的低階天使，縱然拔光自己翅膀上的羽毛當翮筆，還是無法應付驚人的海量工作，進度嚴重落後，只好在違背自己意願下，向上級請求支援成立工作團隊來解決。

比喬治三世早到天堂門前報到的是法王路易十六，肩膀以上缺了頭，聖彼得看得很不是滋味，因此聽說又有一個國王要來報到，他就一臉不悅，還勞煩天使好言相勸：「彼得不要嘓嘴，這次來的國王有頭，完整無缺。」他們正談著話的當兒，一列天使光亮地乍現他們眼前，

唯獨最後的撒旦是鼓著如烏雲的翅膀，「不朽的臉龐刻畫永恆的天譴」。當他往天堂的大門瞥了一眼莫測難解的憎恨時，聖彼得打了個寒顫，從他「使徒的皮膚」嚇出冷汗，急忙掏著天堂之門的鑰匙，希望快閃到天堂裡避難。就在此時，天堂的門大開，出現的是放射天堂光芒的天使長米迦勒。

天使長在天堂門外一處中立的地方與撒旦就喬治三世究竟歸誰管進行協商。雙方都覺得人是他們的，於是撒旦傳喚多如沙的證人前來作證，米迦勒一看，臉上頓現天使的蒼白，對老友撒旦說，我們兩人的差異純粹是政黨屬性不同，毫無個人恩怨成分，有話好商量。你不要濫用我的證人傳喚，兩個真實無瑕的證據就夠了，要是兩方都聽，會耗掉我們的永恆。撒旦回答，這事就我個人而言無所謂，我可以有五十個比他好的靈魂，我純就形式與你辯論。

最後被傳喚的證人有三位，其中之一就是騷塞。因為他是活人，所以背他過來的天使還因此把左翅膀扭傷了。當他開始朗誦自己極盡諂媚的詩時，天使們紛紛用翅膀蓋住耳朵，魔鬼嚎哮奔回地獄，鬼魂嘰嘰喳喳逃回自己的窩，天使長米迦勒則拿起自己的喇叭抵擋，只是天可憐見的，他的牙齒全都僵住吹不了！至於脾氣本來就不好的聖彼得，此時舉起鑰匙往騷塞一敲，騷塞於是從天堂門外跌落湖裡，不過湖就在他所在的湖區，所以

沒有淹死，因此得以繼續他桂冠詩人職涯。至於喬治三世則在一片混亂中溜進天堂。

德國大文豪歌德稱讚這首詩：「無比卓越！」拜倫也視為是自己的佳作之一，他的另一首名作〈唐璜〉亦可見類似活靈活現幽默的筆觸。

他寫詩，他節食，他運動

拜倫生前即名聞歐陸，更因為是美男子，一生風流韻事不斷。拜倫有多美呢？就是男人看了也會側目。詩人柯立芝在震懾後讚歎說，世所罕見！不過為了保持身材與容貌一致的整體美，拜倫常只能喝水、吃一點小餅乾，也因此總在飢餓狀態。為何要這樣自苦？因為他有家族肥胖遺傳，所以就算跟一般人吃下同等的卡路里，就是會比別人有分量。

除了少吃外，拜倫還做什麼呢？他讓自己成為拳擊、擊劍、騎馬與游泳高手，這些活動都很消耗熱量，所以活到三十六歲的拜倫始終都是美男子。不過還有一個說法是，他在運動項目的傑出表現是出於自卑。為何美男子會自卑？因為他有一隻腳的腳掌內翻畸形，走路會微跛，為了擺脫這樣的「弱者」形象，就有必要在運動上表現勇健。

身為游泳健將的詩人留有游泳事蹟。1809年從劍橋大學三一學院畢業後，拜倫隨即與好友進行為期兩年

的旅行，走過的國家與地方計有葡萄牙、西班牙、馬爾他、阿爾巴尼亞、希臘與小亞細亞。1810年五月三日，他與一位軍官泳渡達達尼爾海峽，費時一小時又十分鐘。拜倫不僅因此留下一首詩，還開啓每年五月三日泳渡達達尼爾海峽的傳統。

拜倫一邊玩一邊將見聞與心得寫成詩遊記，1812年遊記出版，書名是《恰德·哈羅德遊記》（*Childe Harold's Pilgrimage*），結果大獲成功，一舉成為英國最出名、話題最多的詩人。這個經驗讓他留下至今仍常被引用的一句話：「一早醒來，發現自己名滿天下。」

因誤解而結合的婚姻

成名的拜倫很快在倫敦社交圈受時尚仕女包圍，並與她們私通，其中與卡洛琳·蘭姆夫人（Lady Caroline Lamb）的關係最戲劇化，也最著名。

卡洛琳小時候很男孩子氣，頗機智，有些文采，能寫詩、流行小說，會說法語、義大利語，並通希臘文與拉丁文。她的丈夫在當時是頗被看好的政治明星，後來更成為首相，原先夫妻感情融洽，不過拜倫一出現就發生變化。首先是卡洛琳引誘拜倫，接著拜倫熱烈追求她，然後是卡洛琳瘋狂愛上拜倫，到了不顧公眾形象的地步。拜倫為了躲避她，選擇與天真不俗、有數學頭腦但也自命不凡的安娜貝拉·米爾邦克（Annabella

Milbanke）結婚。

這個因誤解而結合的婚姻，一年後就宣告正式仳離。兩人生有一女，名叫艾妲（Ada），擁有極高的數學天分，二十歲時嫁給貴族威廉・金－諾艾爾（Willaim King-Noel），在丈夫晉升為洛威萊斯（Lovelace）伯爵後，她就被稱為艾妲・洛威萊斯（Ada Lovelace）。

艾妲在歷史上留名，並不是因為她是拜倫唯一婚生的女兒與這樣的貴族身分，而是有人認為她是第一位電腦程式的編寫者。主要依據的證據是她為亦師亦友的查爾斯・巴貝茲（Charles Babbage）的分析機（Analytical Engine）──也就是機械式通用電腦──所寫的註記，該註記中含有公認是史上用於分析機的第一個演算法。

艾妲出生一個月後父母就離異，四個月大時，父親拜倫從此離開英國，兩人未再見過面。不過拜倫曾在一首詩裡提到女兒是他心中寶貝，而艾妲也一直對父親有懷想，三十六歲過世的她要求死後葬在父親墓旁。

為希臘獨立戰爭投筆從戎

拜倫天生似乎對嘗試禁忌有一種不可抑遏的衝動。離婚除了夫妻兩人個性不合外，最主要的是安娜貝拉發現，拜倫與他同父異母、長大後才相見的姊姊奧古斯妲・李（Augusta Leigh）有不倫關係。他們的這層關係，也導致拜倫遭所屬圈子與多數朋友的排斥，拜倫最後於

1816年選擇永遠離開英國。

　　在日內瓦，拜倫與雪萊一見如故，兩人常常腦力激盪，火花四射。不過拜倫還是拜倫，雪萊的小姨子克萊兒·克萊門特（Claire Clairment）在倫敦時已迷戀拜倫，再度遇見，更為之瘋狂，因此為他生下一個女兒。這個可憐的女嬰生下後被送到修女院，五歲夭折。對此，雪萊相當不諒解拜倫。

　　拜倫不管走到哪裡總被女性包圍，而他也作風野沛，落腳威尼斯期間，根據他自己的估算，大概與兩百多位女性有過一夜情。問題是這段時間也是他創作力旺盛時期，完成了敘事長詩〈曼弗雷德〉（Manfred）、補寫《恰德·哈羅德遊記》第四篇，開始〈唐璜〉的寫作。

　　饜足了性愛的拜倫，最後與伯爵夫人泰瑞莎·古奇歐里（Teresa Guiccioli）在一起。當時的義大利上層社會，嫁給老夫的少妻可以有情人，而拜倫也因泰瑞莎家族關係涉入獨立運動，最後投筆從戎，組織遠征軍，為希臘脫離土耳其掌控的獨立戰爭助一臂之力。

　　拜倫其實相當清楚希臘的狀況，也對人性抱持懷疑，且不對成功抱有希望，不過由於對愛情已失去胃口，甚至對生命不再熱情，所以決定上戰場。拜倫頗有整軍治軍的才能，可惜在惡劣環境下，還未上戰場上博命就因染病連續高燒而殞命，也因此拜倫至今在希臘仍被尊崇為國家英雄。

誠實面對自己，開發出人性野性的一面

　　拜倫是開啟現代名人風格第一人，作為拜倫英雄化身的形象，他令公眾為之著迷，也是現代搖滾巨星形象營造的開山始祖。拜倫英雄對其後的文學有相當大的影響，舉凡《咆哮山莊》的希斯克里夫、《白鯨記》裡的亞哈船長、尼采的超人、普希金詩體小說《尤金尼‧奧涅金》裡的英雄，都可看到拜倫英雄的身影。拜倫所刻劃的拜倫英雄帶有理想性，也有性格缺陷，其特徵包括：有才情有激情、對社會地位與特權不屑、叛逆、流亡、傲慢、過度自信或缺乏遠見、有不為人知的身世，而這種種最後導致自我毀滅。

　　縱任愛走極端，拜倫始終遵守一個自己的準則，也就是誠實揭櫫所看到的世界，還有對自己的所做所為，不有隱瞞。善變的拜倫，不變的是對自由的熱愛，與對偽善言語的厭惡。

　　總結而言，拜倫開發出人性野性的一面，他身體力行，以詩傲物，又不願躲在貴族後裔下蒼白，能帶領軍隊，最後死於軍中，更是反射了跛腳的勇氣。於今觀之，拜倫的夢想與野性結合，不褪流行，確實有人類可貴的質素，也打破了世人對詩人軟弱多情的成見。

她走在美裡

她走在美裡，好像
滿天星斗無雲的夜；
最美的黑與最美的亮
交會在她的容貌和眼眸：
如此融成柔和的夜光
是上天拒給俗麗的白天。

多一道陰影，少一抹光輝，
都有損於這無名的天賜之美
如許地起伏在縷縷青絲間，
或輕柔地綻亮在她的容顏；
那兒甜美的思想靜靜散發，
它們的居所是如此純潔稀珍。

在那臉頰上，在那額眉間，
如許溫婉沉靜，富於表達，
微笑漾醉，光彩閃動，
是芳郁日子涵泳的呈現，
胸襟雍容大度包容一切，
一顆心洋溢著無邪的愛。

我們不會再徘徊

我們不會再徘徊
進入更深的夜裡，
雖然心依舊深情，
月依舊皎潔明亮。

只因劍磨破劍鞘，
靈魂也磨損胸膛，
心必須暫歇喘氣，
而愛也需要歇息。

夜雖是為了愛存在，
白日也轉眼就回來，
但我們不會再徘徊
於月的光華煦亮裡。

當初我倆別離

當初我倆別離
默默淚雙行，
幾乎破碎的心
要分隔經年，
妳的臉漸蒼白冰冷，
妳的吻更冰冷；
彼時當真預示了
此時的悲傷。

清晨的露珠
墜寒襲我額頭——
彷彿是預先示警
我此時的感受。
妳的誓言皆已毀，
妳的名聲也輕薄；
我聽人提起妳的名，
只能低頭羞愧難受。

他們當著我說起妳，
一記喪鐘撞進我耳裡；

使我渾身戰慄 ——
何以當初對妳如此情深？
他們不知我認識妳，
對妳再熟悉不過 ——
我對妳的悔憾久久，
太深切了說不出口。

當時我們祕密幽會 ——
如今我暗自神傷，
想著妳的心會忘卻，
妳的靈魂會假意。
要是我會遇見妳
在許多年後，
我該如何問候妳？
僅有沉默和淚語。

他們說希望是幸福

他們說希望是幸福；
不過真愛寓意舊時日，
回憶所喚起是賜福的思緒：
它們最先浮現——最後離去；

所有回憶最珍愛的莫過於
一度我們唯一的希望所寄，
所有希望所冀求與喪失的
都已逐漸化成回憶。

唉！全都是夢幻泡影：
未來欺騙我們從遠方，
我們也不會是追憶裡的自己，
也不敢思量我們現在的光景。

伴樂詩篇

沒有美的女兒
像妳所具魔力；
妳的妙音醉我
像水上的音樂：
當其聲彷彿讓
沉醉海洋暫歇，
海浪靜躺爍閃，
煦睡的風入夢；

子夜月編織著
光縷布滿海面；
她的胸勻起伏，
彷如嬰兒淨眠：
心神因此折服，
傾聽妳愛慕妳；
滿心溫柔情意，
如漲起夏之海。

詩寫於從翡冷翠到比薩的路途上

哦，不要跟我說故事裡偉大的人名；
我們的青春就是我們光榮的歲月：
芳甜二十二歲的桃金孃與常春藤
抵得過你所有的桂冠，雖然繁多。

額頭起了皺紋花環與王冠又如何？
不過是五月露水灑綴枯花一朵。
所以從花白的頭上把這一切給扔！
我哪在乎單單只賦予榮耀的花環？

啊美名！若我對你的讚揚曾欣喜，
並不是因為你那響亮的語句，
而是看到寶貝人兒明眸一亮
發現愛她的人並非與她不配。

為此，我才找尋你，才發現了你；
她一瞥的放光是你周圍最美的光芒；
在聽著我任何英勇事蹟時炯炯閃亮，
當其時我知那就是愛，我感覺的榮光。

寫於從榭思多斯游到阿比多斯後[1]

若是，在黑暗的十二月，
林德，這位慣於在夜晚
（哪個女孩會把這個故事給忘？）
橫過妳的水流，遼闊的海勒斯龐特！

若是，當冬天的暴風雨怒號，
他飛速到希蘿身旁，無所畏懼，
亙古不改地妳傾注最急的湍流，
美麗的維納斯！我多麼可憐他們！

而我，一無是處的現代人，
縱在溫和的五月天，

---

1 這是浪漫時期大詩人戲謔浪漫的一首詩。1810年五月三日，拜倫與
年輕中尉艾肯希德（Lieutenant Ekenhead）一起游泳橫越連接歐亞
的海勒斯龐特海峽，也就是位於土耳其、今人所稱的達達尼爾海
峽。詩中提到的林德（Leander）是從亞洲此岸游到歐洲彼岸，與身
為維納斯女祭師的情人希蘿會面。林德夜夜這麼做，就算暴風雨來
襲依舊前往，結果溺斃。擅長游泳的拜倫也要仿效來一趟橫渡，自
娛娛人戲謔一番，結果也沒成功。為何？因為雖然他游完全程，卻
感冒發燒打冷顫，所以玩笑不算成功。不過玩笑雖沒成功，但也沒
因此丟了命，所以相較之下，他更勝一籌。

卻無力地攤著我滴水的四肢，
想著我今日完成的一件大事。

不過既然他橫越湍急的潮流，
根據不盡可信的故事，
是為了求愛 —— 還有 —— 只有天知道是什麼，
他為了愛而游，而我則為榮光；

很難說哪個最好：
可憐的眾生！諸神依舊折磨你們！
他的努力成空，我的戲謔失效；
因為他溺斃，我呢發燒打顫。

當一個人沒有自由為家國而戰

當一個人沒有自由為家國而戰，
就讓他為鄰國的自由戰鬥；
讓他想想希臘羅馬的榮光，
並為他的出力受指責詰難。

造福人類是俠義的擘劃，
總能獲得高貴的回報；
為自由而戰不論你在哪裡，
若未被槍決或絞死，就會封爵。

詩的思想者
——雪萊

(Percy Bysshe Shelley, 1792–1822)

馬克思曾說：「拜倫與雪萊不一樣的地方是：那些瞭解並愛他們的人會慶幸拜倫三十六歲就魂魄歸西，因為他若再活久一點就會成了反動的資產階級；他們會為雪萊二十九歲就離世而哀傷，因為他是個不折不扣的革命者，會不改初衷地捍衛社會主義至死不渝。」

生於1792年、來自保守富裕貴族之家的雪萊，為了堅持自己的信念，在溺斃前的生活可說一直處在動盪顛沛之中。他可以當個精明乖巧帶點虛偽的兒子，等著繼承家產與爵位，和其他貴族一樣過著上流社會的生活，但卻選擇站在弱勢族群與勞工階層這邊，這與他中學求學過程的遭遇不無關係。

終生向不公與壓迫宣戰

雪萊與拜倫大不同，他缺乏運動與打鬥細胞，對這些也沒興趣，又長得清瘦，加上很有自己的見解與作風，所以容易淪為學長和壯碩同學欺負的目標。也因為他不接受伊頓公學裡學弟受學長支使充當僕役這樣的陋習，可以說每到中午時刻就被捉弄，手上的書遭撕爛，身上穿的衣服被撕破，通常被整到哀叫為止。也因此當時他就觀察感受到，學校老師和同學卑劣專橫的舉動，就是人對人不人性對待的縮影，因而種下他終生獻身向不公與壓迫宣戰的種子。

我們可以看到，他在1819年寫的〈給英國人的一首

歌〉（To The Men Of England）裡寄寓一場普羅革命的發生，詩一開始這樣寫道：

> 英國人，何苦為主子耕種
> 當他們把你們當奴僕驅使
> 何苦這樣孜孜屹屹地為
> 你們的暴君編織錦袍？

這首詩後來成為英國勞工運動的聖歌。

雪萊對科學亦有濃厚興趣，也喜歡親手做實驗，曾炸掉學校一棵樹，也用摩擦起電原理讓門把帶電，娛樂同學。不過擅於溯源思考的雪萊最喜歡的還是文學與哲學。他八歲開始寫詩，就讀牛津大學一年級時就已出版小說、浪漫史與詩集，但在大一唸了六個月後，因匿名出版《無神論的必然》（The Necessity of Atheism）的小冊子而遭學校退學，也從此與擔任上議院議員、思想保守的父親關係惡化。

雪萊的第一次婚姻更讓他與父親關係雪上加霜。人在諸事不順下，就算聰明如雪萊也會做出奇怪的決定。他的第一任妻子哈麗葉・威斯布魯克（Harriet Westbrook）與他妹妹就讀同一所寄宿學校，曾不斷熱烈寫信給雪萊訴苦，說自己在家裡與在學校受到壓迫，還一度揚言要自殺。此時的雪萊一方面剛從學校退學，一方面也得

不到表妹的青睞，同時又與家人關係緊張，加上覺得自己將不久人世，於是把威斯布魯克立為受益人，更且為了實踐救助弱小的理念，十九歲的他帶著十六歲的威斯布魯克私奔到愛丁堡，並在那裡結婚。雪萊的父親認為娶商人之女門不當戶不對，盛怒之下切斷雪萊的經濟來源。不過就算在經濟困頓的時日裡，雪萊依然熱心參與改善受壓迫民眾的運動。

二度私奔

再回到倫敦，二十一歲的雪萊成了思想激進的社會哲學家威廉·高德溫（William Goldwin）的弟子。與威斯布魯克漸行漸遠的雪萊，此時熱烈愛上高德溫冰雪聰明又美麗的十六歲女兒瑪麗。雪萊認為，兩人一起生活若缺乏互信互愛是不道德的，所以就帶著瑪麗與瑪麗同父異母的妹妹克萊兒（因為她會說法語）私奔到法國。秉持愛是包容的雪萊亦邀威斯布魯克前來同住，不過關係從夫妻變成兄妹。雪萊與瑪麗的私奔之舉讓高德溫非常不悅，縱然這位社會哲學家對婚姻的激進理念一點也不亞於雪萊。

雪萊的第二任妻子瑪麗是高德溫與女權運動鼻祖之一的瑪麗·吳爾史東克雷芙特（Mary Wollstonecraft, 1759-1797）愛的結晶。吳爾史東克雷芙特天生具有勇毅的氣質，聰慧好思辯，同時也是個真性情、敢於表露強

烈情感的奇女子。她還是少女時，就會用自己的身體護住母親，不讓母親遭酗酒的父親毆打，而一生對自己的妹妹與摯友真誠相待，義氣相挺。她的德文與法文皆靠自學，程度達到可以翻譯書籍的水準。

吳爾史東克雷芙特的著作豐富，傳世之作是《為女權辯護》（*A Vindication of the Rights of Woman*），在該大作裡，她認為真理與理性對男女無有分別，因此反對只有男性可以接受國民教育，讓女性處在無知狀態，僅能以美貌與柔弱博取男性同情，被視同小孩一般對待，這不僅浪費國家一半的智能，也餵養男性的自大與控制欲，這種遍在的不平等也讓政治上的專制一直存在。

吳爾史東克雷芙特曾未婚生下一女，瑪麗是她的婚生女兒。她生瑪麗分娩期間順利，不過產後殘留的胎盤發生感染，於十天後因敗血症死亡。如此一位深具批判思考的先行者竟在三十八歲之齡就這樣過世！慶幸的是女兒瑪麗也是作家，她在1818年以二十一歲之齡寫下《科學怪人》（*Frankenstein*），出版至今歷久不衰，因而被稱為科幻小說之母。因此，雪萊、他的岳母與妻子在英國文學史上（甚至可說在世界文學史上）都占有一席之地。

雪萊的第一任妻子威斯布魯克後來也有新戀人，因誤解遭對方遺棄而投水自盡，當時她懷有對方的孩子。雪萊為了獲得與威斯布魯克生的兩個孩子的撫養權，在

她過世後不久迅即與瑪麗結婚，不過法官以他是無神論的理由未將撫養權判給他，這對他是個慘痛的打擊。

忠於自己，在生命盡頭屢創傑作

雪萊的特立獨行無法見容於他的家人、朋友與一般大眾，於是在1818年帶著瑪麗永遠離開英國。1818至1819年九個月間，兩人相繼失去心愛的孩子威廉與克拉拉。年僅二十二歲的瑪麗受此嚴重打擊，陷入麻木無感的狀態，而處在絕望邊緣的雪萊竟創作豐富，寫出取材自古希臘文明、獻給自由的扛鼎之作〈解放的普羅米修斯〉（Prometheus Unbound）、悲劇〈倩契〉（The Cenci），以及召喚普羅大眾革命的長詩〈無政府面具〉（The Mask of Anarchy）。這首長詩啟發了梭羅的公民不服從非暴力的抗爭思想，也是甘地喜歡引用的詩，特別是結尾的數行詩句，時至二十一世紀仍常可見於政治抗議場合：

奮起，像醒來的獅群
以不可攻克的數量！
將你們的枷鎖如露珠抖落於地，
它們在你們沉睡時掉落你們身上：
你們是多數──他們是少數！

雪萊是忠於自己的人，因此除了創作提出理論外，

也予以實踐。1815年，允為當地首富的雪萊祖父過世，根據當時的長子繼承法，雪萊可以獲得一筆年金，但他拒絕獨享，將財產與兩個妹妹分享，並義助身旁一群窮困的朋友，包括自己的岳父高德溫，結果不僅錢財散盡還欠債，導致經常搬家躲避債主。同時由於他的無神論主張與革命思想，一般出版社不敢出版他的作品，以致他的一些作品以地下方式流通。就算作品很少人看、生活困窘、心愛的孩子相繼去世，雪萊在生命的最後三年寫出的作品皆為傑作。

《詩的辯護》（*A Defence of Poetry*）寫於1821年，但遲至1840年才出版，這部曾被埋沒的作品，是文學批評史上經典中的經典。在文論中，雪萊將詩人的定義加以擴展，舉凡所有能打破時代與地域限制，並創造出經久普遍之價值形式的創造心靈者，皆為詩人，因此詩人適用的範圍不限於詩歌與散文的寫作者，也包括藝術家、立法者、預言家，還有社會、道德與宗教組織的創立者。他強調，創造性想像力在整個人類的活動裡具有正當有效性，且不可或缺。

雪萊認為，社會上普遍的貪得無饜，以及著重物質的實用與進步，這樣的偏見導致人類歷史在科學與物質生活上有巨大的進步，但在同理心與愛的能力上——也就是「詩的機能」、「道德的想像」——卻是相當落後的，這種不對稱的發展，其結果是人類縱然役使了元素，本

身卻依然是奴隸。

詩是生活的噴泉，以想像濺出

　　雪萊認為人類心靈活動可分為兩種類型，一是想像，一是推理。他說：「推理是已知性質的列舉，想像是對這些性質個別與整體之價值的直覺洞察；推理著眼於事物的差異，想像則著眼於其同質性。推理之於想像猶如工具之於使用者，身體之於靈魂，影之於形。」因此可以說，理性是生活的鐵軌，詩是生活的噴泉，以想像濺出。詩人的眼睛具有透視表象直探事物深部寂靜裡的隱喻，以想像與神祕表現，讓人看到感覺的形狀，因而被打動或受到啟示，產生共鳴或喚醒曾有的生命感受，好似接觸到一隻清澈的魚。

　　不過詩人在創作時也無法強求，雪萊進一步闡明：「詩不像推理，是一種由意志決定的力量。我們無法說『我要作詩』，就連最偉大的詩人都不能這樣說，因為創作時，心猶如將熄滅的炭火，受到一種如莫測的風一般無形影響所喚醒的火光一閃；這種力量由內而發，像花的顏色隨著綻放而褪色而枯萎，靈感無法預測，不管是它的來臨或離去……當創作開始時，靈感已然衰退，從古至今流傳人間的偉大詩篇不過是詩人原始發想的微影罷了。」

　　在《詩的辯護》裡，雪萊深入具體闡述他的詩觀，

散發思想家的氣息。

1820年，雪萊終於落腳比薩，此時是他成年以來最稱心的時期。當時一群朋友——也就是雪萊的「比薩幫」——常在一起談論詩藝與時政，這之中也有拜倫。原本也打算前來的濟慈，卻於1821年病逝於羅馬。悲傷的雪萊為此寫下一首傳世的輓歌〈阿東尼斯〉（Adonais），悼念濟慈。

「比薩幫」裡還有一位退休的英國陸軍中尉威廉斯（Edward Williams）。1822年七月八日，雪萊與威廉斯駕船打算前往他們位在列立齊（Lerici）的夏屋，結果途中遭遇突然颳起的狂風，船隻翻覆，兩人因此溺斃，屍體在數日後才漂到岸邊被人撈起。雪萊的意外死亡讓拜倫很傷心，從不輕易讚美人的他，在一封給朋友的信裡說：「雪萊是我見過的人裡最好、最無私的。」

既聰明又熱情的雪萊冀望革命帶來一個無階級之分、愛與美的世界，是過於天真，不過他對世界的大愛，對自己藝術的忠實，對美與愛的追索，開展出想像的豐富與思想的深邃，爍閃了人類文明，他燃起的一亮火焰，迄今不衰，啟迪了更多民主與詩的火光。

他的生命如流星，卻有燦美的詩晶與思想交織的溯源光芒，向世界傾流，也向未來的黑暗照亮，這就是雪萊偉型的詩音與思想的綻耀力量。

雲

我帶給乾渴的花朵鮮涼甘霖，
從海洋、自溪流；
我帶給綠葉輕柔的遮蔭
當它們在晌午的夢裡。
從我的羽翼抖落露珠
喚醒每一朵蓓蕾，
當它們在大地母親懷裡被搖動入睡，
在她圍著太陽舞蹈之際。
我揮動猛烈冰雹的連枷，
讓底下的綠野成一片雪白，
然後再次讓它在雨中消融，
我一路大笑在雷聲的隆隆。

我將山頂上的雪篩落而下，
林裡的巨松驚嚇發出呻吟；
整個晚上峰頂是我白色的枕頭，
當我沉睡在風雪的懷抱。
在我的天空亭園的樓閣上，

威儀凜凜坐著我的響導閃電；[1]

而底下被囚在洞穴的雷雨，

瘋狂地掙扎和咆哮；

飄過陸地飄過海洋，

這位溫和帶領我的嚮導，

被游動在紫色海洋深處

的精靈之愛所吸引；[2]

飄過小河，飄過懸崖和山丘，

飄過湖泊，飄過平原，

不管他在何處作夢，在山下或水邊，

他所愛的精靈依舊在；

而我也依然沐浴在藍空的微笑，

當他漸漸消融在雨裡。

當晨星的光亮熄滅，

血紅的旭日，閃著他的金睛，

張開他火紅的羽翼，

跳到我飄蕩的舒雲脊背；

---

1 「嚮導」（pilot）是指閃電，當時的人仍有錯誤的科學認知，以為
是閃電帶領雲，實則是風才對。

2 「精靈」（Spirit）為閃電所愛，因為一個是陽極，一個是陰極，互
相吸引。

彷彿在一座受著地震
搖動的山巖的尖頂處，
飛來一隻老鷹，棲息片刻，
於旭日羽翼的金色光芒中。
而當落日從他底下燃燒的海洋，
汲取他依偎與愛的熾熱，
還有傍晚深紅的罩布
從上邊的天宇深處降下，
我即合攏翅膀在我空中的巢裡休息，
靜止不動彷如一隻沉思的鴿子。

人稱月亮的圓臉少女，
散發著白色火焰，
閃閃滑過我羊毛一般的地板，
這由子夜微風所鋪成的；
她無形的雙足發出的跫音，
僅天使得以聽聞，
卻能踩破我帳篷的薄頂，
星星便從她的背後窺看，凝視；
當我扯開風為我造的帳篷的裂縫，
笑看著他們像金黃的蜂群
慌亂成一團，接著逃跑，
像一片片從我頭頂上掉落的天空的碎條，

直到平靜的河流、湖泊和海洋，
都映射著月亮和星星的光華。

我為太陽的寶座繫上一條火紅的帶子，
給月亮繫上的是一條珍珠綴成；
當旋風將我的旗幟展開，
火山變得暗淡，星星暈眩搖擺。
從海岬到海岬，以如橋的形狀，
跨過浪濤滾滾的海洋，
遮住陽光，像一個高懸的屋頂，
層層山脈是屋頂的圓柱。
我和暴風、火焰，還有雪
浩浩蕩蕩穿過凱旋門，
這萬千色彩的長虹，
我的馬車綁著虜獲的大氣元素；
陽光在色彩柔和的彩虹之上，
濕潤的大地則在底下笑開懷。

我是地球和水的女兒，
天空是我的乳母；
我經驗從海洋和陸地的蒸發過程，
我變化，但我不會死亡。
下過雨後當天幕萬里潔亮

無一絲塵垢沾染，
風與閃爍的陽光
構築了天空的藍色穹頂，
我在自己的空塚暗自發笑，
從雨的洞穴裡，
像嬰兒離開子宮，像鬼魂離開墳塚，
我升起，再度將空塚摧毀。

西風頌

1.
啊狂野的西風，你是秋天的呼吸，
你不被看見的存在，讓成群的枯葉
應聲墜落，像躲避巫師竄逃的鬼魂，

黃的、黑的、蒼白的，還有燒紅，
罹患瘟疫的大群眾：啊你，
運載帶翅的種子到它們黑暗

的冬床，在那裡它們寒冷卑微地躺著，
個個像墓穴裡的屍體，直到
你天藍的妹妹春天吹起

她的尖音小號喚醒睡夢的大地，
（像趕羊群進食般驅策馨嫩的蓓蕾開放）
讓山丘和原野瀰漫盎然的色彩與芳香：

狂野的精靈，到處飄遊流動；
是破壞者也是保存者；聽，啊聽！

2.

你周流不息，在天空極端的騷動裡，

鬆散的雲朵像地上的枯葉掉落，

被你從海天之間交錯的枝幹上搖下，[1]

雨和雷電的天使：在你的氣流浪濤

藍色表面上有兩層雲密布，

像瘋狂美娜德往上甩的[2]

晶瑩頭髮，從地平線的

朦朧邊際到天蓋頂，

是快來暴風雨的雲髮。你是

將逝殘年的輓歌，而這將落下的

夜幕是這殘年巨塚的圓頂，

由你所聚集的濃雲密霧撐起，

從這濃雲密霧之中，將會湧出

---

1 空氣與水蒸氣形成較大較高的雲，仿若枝幹，而較稀疏的雲朵則像
樹葉一般被西風從枝幹上吹落。

2 美娜德（Maenad），為酒神戴奧尼索斯的女信徒，以狂熱的舞蹈崇
拜酒神。

黑雨、閃電和冰雹：啊聽！

3.
你將藍色地中海從他夏夢中
喚醒，當他躺在那兒，
被他晶瑩澄澈的圈流所催眠，

在貝亞灣的一座浮石島嶼旁，[3]
他在睡夢中看到古老宮殿和塔樓，
在巨大的海浪中顫抖，

全都長滿了藍色青苔和花朵
如許甜美，描述它們會讓人醉倒！
平靜的大西洋在你所經之路

裂開成深溝，在深處底部
海花與滲出濕氣的樹林，長著
不含汁液的海樹葉，它們聽到

你的聲音，迅即因為恐懼轉為死灰，

3　貝亞（Baiae）為古羅馬城，位於貝亞灣，是一個享樂豪奢的城市，
　　西元前一世紀至西元五世紀是其興盛期。

顫抖不已並因此斷了生命：啊聽！

4.
若我是一片枯葉任你吹動；
若我是一朵疾雲與你共翱翔；
一陣在你強力下急喘的海浪，

共享你神力的衝勁，全然自由
不受控制，僅在你之下！甚至是
若回到我的童年時期，可以

與你並肩在天際遨遊，
以為要比你更神速並非是
幻想，那我就永遠不需如此

千方百計因著迫切需要向你祈求。
啊！將我舉起如浪、如葉、如雲！
我跌進人生的荊棘！受傷血流！

時間的重量羈絆我、壓彎我
而我是如你的不馴、飛快，且驕傲。

5.

讓我做你的風奏琴，甚至是森林：
要是我的詩篇能像林樹的葉子掉落！
就會有如你強而有力的旋律的騷動

發出深沉的、秋天的音調，
甜美裡有著憂傷。兇猛的精靈，
讓我是你，你是我，剛強不羈！

驅趕我死亡的思想到宇宙
像枯萎的葉子迅速重獲新生！
然後，藉由這首詩的咒語，

我的文字流傳人間，如從一個
不滅的爐火，散布灰燼和火花！
但願藉由我的唇傳播給未醒的地球

一個預言的喇叭聲！啊西風，⁴
如果冬天來了，春天還會遠嗎？

4　「預言的喇叭聲」，是指聖經啟示錄七位吹號天使的第七位：「第
　　七位天使吹號，天上就有大聲音說：世上的國成就了我主和主基督
　　的國，他要做主，直到永永遠遠。」（11:15）

今日綻開笑靨的花朵

今日綻開笑靨的花朵
明日凋謝；
所有我們想留下的
在誘惑後飛別而去。
這世界的喜樂是什麼？
閃電，嘲笑黑夜，
短瞬，縱然明亮。

美德，多麼脆弱！
友誼，多麼稀少！
愛情，如何販賣卑微的幸福
獲得高傲的絕望！
它們雖然很快就殞落，不過
它們的喜悅與所有我們稱為我們的，
都將離去，而我們留下。

當天空澄藍明亮，
當花朵歡欣綻放，
當眼睛在夜晚來臨前改變
盡情享受白日時光吧；

當平靜時刻仍緩步慢移，

作夢吧 —— 然後從你的睡夢裡

醒來再哭泣一場。

變

我們像遮住深夜月亮的雲朵；
行進、發出微光、顫動，不停歇，
晶閃劃過黑暗光彩淬亮！只是很快地
夜步步進逼包攏，它們永遠消失：

或像被遺忘的風奏琴，不調和的琴弦
隨著陣陣疾風發出不同的音響，
而其薄弱的琴身顫動所奏出的
前後調式或變調從未一樣。

我們休息。一場夢足以毒害睡眠；
我們甦醒。一個游移的思緒讓白日走樣；
我們感覺，想像或推理，歡笑或哭泣；
緊抱耽溺的悲傷，或拋卻我們的煩憂：

都一樣！因為不論是喜悅或哀傷，
隨時都會離開無法阻擋：
人的昨日不會與他的明日同一個樣；
除了變，萬物無一久留。

寫於意氣消沉時

（1818年十二月，臨近拿坡里）

太陽溫煦，天空明澈，
海浪輕踏舞步閃閃發亮，
藍色島嶼和雪白山峰攏著
日陽高照下紫色透亮的光彩，
濕潤泥土的氣息輕輕
圍繞即將吐放的蓓蕾；
像一種喜悅的許多聲音，
來自清風、禽鳥與海床；
城市之音的柔和仿若孤獨之聲。

我見大海人跡未至的海床
點綴著綠綠紫紫的海草；
我見浪花拍擊著海岸
彷如光融進流星雨中；
我獨坐沙灘上；
正午的大海波光粼粼
在我四周閃爍，一個音調
從它規律有致的起伏升起，
多麼甜美啊！此時有誰同感我的心緒呢。

唉，我既無希望亦無活力
內心不寧周遭也不平靜，
亦無智者在冥想時發現的
超越財富的心滿意足，
與行走時頭頂散發出內在的榮光；
也無名無權無愛無有空閒 ——
我見其他人都有這些圍繞，
他們活得順心，說生命是樂事：
至於我，生命之杯所裝的是悲苦。

不過此刻的沮喪並不嚴重，
而海風與海浪亦溫和；
我可以像個睏倦的孩子躺下
用眼淚洗去人生的煩憂
而這一直相隨，我也必須承受
直到死亡像睡眠偷偷靠近，
在溫暖的空氣裡，我可能感覺
我的臉頰漸漸冰冷，聽著海息
在我垂死的意識吐出最後的單調。

或許有人會哀悼我的故去，
就如我哀悼這良日的消逝，

我的憂愁與過早的滄桑，這般
哀聲歎氣與如許的良日極不相稱。
他們或許會哀悼，雖然不贊同我，
因為我是個不受大家喜愛的人；
雖然我不像這一日般，當太陽
將以閃亮無染的光輝落下，
但這曾享有的良日將如記憶裡的喜悅縈繞。

致 ——（音樂，當輕柔的聲音消逝時）

音樂，當輕柔的聲音消逝時，
猶在記憶裡盪漾 ——
花香，當甜美的紫羅蘭凋謝時，
猶在它們喚醒的感覺裡。

玫瑰葉，當玫瑰花枯萎時，
為自己的摯愛鋪成花床；
因之我對妳的思念，當妳走時，
愛將枕在我的思念上安眠。

致夜

快步跨過西方的海浪，
夜之精靈！
來自霧濛的東方穴窟，
在那裡，整個孤獨漫長的白天，
你編織著喜悅與恐懼的夢，
這使你既恐怖又親切 ——
願你快逸飛來！

用一件灰色的斗篷裹住你的身體，
在斗篷上綴滿星子！
用你的長髮蓋住白日的眼睛；
親吻她直到她累倒，
然後漫遊城市，海洋與陸地，
以你一點即睡的杖，接觸一切
來啊，我渴求你！

當我起身看到黎明時，
我思慕念著你；
當日頭高掛，露水消逝，
正午重重壓著花與樹，

當疲憊的白日想要休息，
卻像個不知趣的客人徘徊不走，
我思慕念著你。

你的兄弟死亡走來，喊著
你要我嗎？
你的寶貝孩子睡眠，眼睛迷濛，
像正午的蜜蜂喃喃低語著，
我能依偎在你身邊嗎？
你要我嗎？而我回答，
不，不要你！

當你死時死亡會來，
很快，太快了，
當你消失時，睡眠會來；
對這兩者我全都不求
我求的是你，親愛的夜晚，
願你飛來的速度極快，
趕快過來呀，快！

當殘燈瞑滅

1

當殘燈瞑滅
火光在土裡成了灰燼 ──
當雲朵消散
彩虹的榮光消失殆盡。
當琵琶毀壞，
甜美的音樂無跡可尋；
當雙唇吐言，
愛的聲調迅即被遺忘。

2

就如音樂和光輝
無燈與琵琶就不存在，
當靈魂瘖啞
心就唱不出歌來：
無歌僅有哀音，
如風穿過毀壞的茅舍，
或悲鳴的波濤
響著死亡水手的喪鐘。

3

曾經是兩顆心交集

愛先出走精心打造的家；

柔弱的一方被留下

忍受所曾有過的種種。

喔愛！你悲歎

這裡所有一切的脆弱，

你為何要選擇最弱的

做你的搖籃、你的家、你的棺架？

4

它的熱情會搖撼你

如風暴高高搖撼成群烏鴉；

灼灼的理智會嘲弄你，

如冬空裡的太陽。

你房宇的每根橡木

會腐，你的老鷹之家

任你赤裸裸讓人笑話，

當群葉落寒風至。

奧西曼狄亞斯

我遇見一位從某個古國來的旅人，
他說 ──「有兩根缺了軀幹的腿
佇立在沙漠中……在其近旁，沙土上，
躺著半埋在沙裡一張破碎的臉，蹙額，
皺唇，頤指氣使不可一世的模樣，
說明雕刻者熟透那些激狂的情感
如今還留在這些無情無感的石頭上，
而雕刻的手與餵養激狂的心已成灰；
石座上銘刻著如下的字句：
我是奧希曼狄亞斯，王中之王；
仔細看我的功業，你們強者，自慚形穢吧！
除此皆蕩然無存。圍繞在巨肢殘骸的
四周，僅見無邊無涯無遮無蔽
寂寥平坦的黃沙綿延到天際。」

以生命的熱力
穿越死亡陰影——濟慈

（John Keats, 1795-1821）

濟慈的短命與天才總讓人錯愕並感覺著一種「神祕的重量」。浪漫時期主要詩人裡，除了布雷克，他是唯一出身市井人家也未就讀貴族學校的詩人，而且從成年到二十五歲過世，一直為經濟困窘的陰影所籠罩。在這樣的社會與經濟背景下，他卻走一條創作之路，並以僅僅五年的創作時間洶湧呈現詩與美。

濟慈八歲時父親從馬背上摔下死亡，母親則在他十五歲時因肺結核過世。他的父親原是倫敦一家馬房的馬夫長，娶了老闆的女兒後繼承了馬房事業。濟慈是長子，有兩個弟弟與一個妹妹。濟慈小時候個子雖小，卻以愛打架出名，也很愛玩，幸好碰到良師查爾斯·柯拉克（Charles Cowden Clark）啟發他，讓他愛上詩、音樂、戲劇與閱讀，可見好老師對啟蒙學生的重要！濟慈一鳴驚人的十四行詩傑作〈初讀恰普曼譯荷馬〉，第一位讀者就是他這位良師益友柯拉克。

至於喜歡文學藝術的濟慈怎會去學醫呢？這主要是他的監護人要他中斷學業，去當外科醫生的學徒。濟慈於1815年在倫敦的蓋斯醫院進修，1816年獲得執業許可，不過也是在這一年，他棄醫從詩。

影響他做這個決定的是好友李·杭特。杭特時任激進雜誌《審查者》的編輯，本身亦擅詩文與評論，是一位在政治上極力主張民主自由的多產作家。藉由他的引介，濟慈認識了當時幾位重要作家，如雪萊與海茲利特

等人。不過對於初出茅廬的詩人，能有好友兼詩作的最佳讀者非常重要，查爾斯·迪爾克（Charles Wentworth Dilke）、查爾斯·布朗（Charles Brown）、漢彌爾頓·雷諾茲（Hamilton Reynolds）、班哲明·貝利（Benjamin Bailey）等人就擔任這樣的角色。

「真」可以透過「美」來體現

濟慈與這些友人的通信，還有他給親人與出版商的信，也成為重要的文學資產。文學批評家哈洛·卜倫（Harold Bloom）說：「他的書信恐怕是英文出版品裡最動人、最有智慧的。」從這些信，我們可看到他談他的寫作過程與詩作理念。

在一封給貝利的信裡，他提到：「想像力所捉到認為是美者即當是真。」[1]濟慈認為，真實無法用推理得出，而是端賴直覺與感官經驗體認。同一封信裡他繼續說：「落日每次都會讓我的思緒變得正確，或若有一隻麻雀來到我窗前，我就進入牠的存在，然後在石子間啄食。」[2]落日之美讓他得以將不正確的思緒處理成正確的，換言

1　此句原文為：What the imagination seizes as Beauty must be truth.

2　此段原文為：The setting sun will always set me to rights-- or if a Sparrow came before my Window I take part in its existence and pick about the Gravel.

之，「真」可以透過「美」來體現，同時以無我的狀態進入麻雀之內，然後將其存在與美表現出來。

1817年在給他兩個弟弟的一封信裡，濟慈提出一個理念，引發後世諸多討論，那就是「負面能力」（Negative Capacity）：

我的意思是「負面能力」，也就是說當人有能力處在不確定、神祕、疑惑的狀況，同時又不會焦躁地尋找能夠確定的事實與道理──舉個反例，我們看看柯立芝，由於對一半的知識無法滿意，所以他就放棄從神祕深處捉取到的一個不錯的孤立的逼真之物。透過浩繁卷帙對此加以探索或許不出以下這個主張：對一個偉大詩人而言，美感壓倒其他考量，或更正確地說是抹去所有考量。[3]

願意接受我們有所不知，也可能永遠無所知，是一

---

3 此段原文為：I mean negative capacity, that is when man is capable of being in uncertainty, mysteries, doubts, without any irritable reaching after fact & reason-- Coleridge, for instance, would let go by a fine isolated verisimilitude caught from the Penetralium of mystery, from being incapable of remaining content with half knowledge. This pursued through Volumes would perhaps take us no further than this, that with a great poet the sense of Beauty overcomes every other consideration, or rather obliterates all consideration.

種「負面的」能力。濟慈在此所談「負面能力」的意思，大致是指有能力無罣礙地處在無知或不知或不確定的狀態中，不去強求最終的道理或事實，而無所知到底為什麼、不甚了解為什麼是這樣，也不會覺得不安或不妥，也就是說有接受自己不知道或不了解的能力，能與歧義共處的能力。濟慈舉柯立芝做為反例，說他無法完全接受他不全然了解的東西，也就是說，他不接受處在半解的狀態，因此就放棄從神祕之處所領略到但無法完全說清楚的逼真之物。

若詩無法像樹長出樹葉般自然……

1818年給出版商泰勒（John Taylor）的一封信裡，濟慈列出他詩創秉持的三個原則：

我對詩有幾點原則，你會看到我離這些原則的中心有多遠。首先，我認為詩應該以精煉的過量，而非獨特，使讀者驚奇。它應該讓讀者以為那是讀者自己最高的思想，看起來好像就是讀者自己的回憶，並因而感到驚奇。其次，它對美的著墨永遠不可半途，如此才能讓讀者屏住氣息，而不是感到舒服：一個意象的升起、進展與沉落當如太陽行進般自然，對他也是自然的——亮射他，然後靜穩而華麗地落下，讓他籠罩在黃昏的奢華裡——不過，去想詩是什麼比實際操

作容易——而這引領我來到第三個原則。若詩無法像樹長出樹葉般自然，那就不要寫出來。[4]

　　而在二十二歲寫給雷諾茲的一封信裡，濟慈舉華茲華斯著名詩篇〈廷騰寺〉為例，探討他的天才所在。他說，人是從第一階段的無思考到第二階段開始會思考，絕大多數是停在第二階段，而華茲華斯則往第三階段前行，進入存在的黑暗通道，在探索中發現了黑暗中門開著的房間，並給予光亮。這是華茲華斯的天才所寄，同時就這層意義而言，濟慈認為華茲華斯比米爾頓深刻。不過他並不認為華茲華斯的天分比米爾頓高，而是隨著時代的演進智力集體普遍提升所致。濟慈一方面受到華茲華斯的影響，一方面對他的自我中心癖也多所批評。

4　此段原文為：In Poetry I have a few Axioms, and you will see how far I am from their Center.　1st I think Poetry should surprise by a fine excess and not by Singularity-- it should strike the Reader as a wording of his own highest thoughts, and appear almost a Remembrance-- 2nd Its touches of Beauty should never be half way thereby making the reader breathless instead of content: the rise, the progress, the setting of imagery should like the Sun come natural natural too him-- shine over him and set soberly although in magnificence leaving him in the Luxury of twiligh-- but it is easier to think what poetry should be than to write it-- and this leads me on to another axiom.　That if Poetry comes not as naturally as the Leaves to tree it had better not come at all.

從經歷與發現中整合出新視野

　　濟慈是在1817年經由杭特介紹認識摯友查爾斯‧布朗的，當時布朗三十歲，濟慈二十一歲，兩人認識不久後就同遊蘇格蘭。1818年，受濟慈悉心照料的濟慈小弟不敵肺結核病魔過世，布朗於是邀請濟慈到溫特沃斯宅第（Wentworth Place）同住，從1818年十二月到1820年九月，濟慈在此度過他生命中最快樂的時光。這段時間也是他創作的巔峰時期，同時他也在這裡遇見了愛情，認識了鄰居芬妮‧布朗（Fanny Brawne），並與她訂婚。

　　溫特沃斯宅第後來成為「濟慈故居」（Keats House）。故居花園裡曾有一棵李子樹，根據布朗的說法，濟慈的〈夜鶯頌〉就是他聽了樹上夜鶯歌唱後於樹下寫就的。

　　1820年二月，濟慈得了肺結核，布朗全面照料，並代為處理他所有事物，包括支付他的帳單、借他錢、當他的貸款擔保人。當濟慈決定到義大利養病時，原希望布朗陪同，不過當時布朗在蘇格蘭，趕不回來，最後是由畫家約瑟夫‧瑟汶（Joseph Severn）代勞。濟慈在人世的最後一封信（1820年十一月三十日）就是寫給布朗的，信是這樣結束的：「我幾乎無法向你道別，即使是在一封信裡。我一向拙於躬身行禮。」

　　濟慈六首偉大頌詩，以及史詩《海佩里翁的殞落》（*The Fall of Hyperion: A Dream*）都是在溫特沃斯宅第完成。這六首頌詩分別是〈賽姬頌〉、〈夜鶯頌〉、〈希臘古甕頌〉、

〈憂鬱頌〉、〈致秋天〉、〈懶惰頌〉，至於《海佩里翁的殞落》，則是一首未完成的史詩傑作。

濟慈原先寫作這首詩時，是以米爾頓的《失樂園》為範本，後來放棄。重寫後未完成的作品，後世評家認為有莎士比亞的悲劇之風，但華麗的精準與悲韻，則全然是濟慈的風格。

在這首詩裡，他藉太陽神阿波羅寄寓己志，表達對生命深刻的瞭解讓人陶然又痛苦。若說生命是一個過程，那麼過程中必然會遭遇變遷與苦難，倘要有創造性的進展，就必須摧毀前一個階段。他成為詩人一路走來的經歷與發現，最後整合出新的觀看與視野，期許自己擁有見神所見（To see as a God sees）的力量。事實上，對生命悲劇本質的缺乏認知，正是海佩里翁何以被阿波羅取代的原因。在這首史詩殘篇結尾前，阿波羅在記憶女神涅莫希尼的臉上讀到整個巨人族的興衰起落，因而驚呼：

> 浩瀚的知識使我成為神。
> 名字、事蹟、古老傳說、悲慘事件、叛亂、
> 威勢、君王之聲、精神上的大痛大苦、
> 開創和毀滅，皆同時
> 傾進我腦裡寬闊的虛空，
> 並使我被祀奉為神，彷彿飲下了

忘憂酒或無以倫比的長生不老藥，

就此化為不朽。──於是神，

隨著涅莫希尼臉上的光彩，

不停地顫抖，在白皙柔軟的太陽穴下，

祂的眼睛燃燒著；靜靜諦視。

很快地狂野的騷動搖撼他，使得

他的肢體不朽之美發出紅光；

酷似在死亡門前一場纏鬥廝殺；

或更似向蒼白不朽的死亡的一場

告別，帶著如死般的冰冷

火燒般的劇痛，帶著強烈的抽搐

置之死地而後生。

他像一顆星，從永恆的居所耀射而來

　　濟慈除了寫下史詩、頌詩與十四行詩的傑作外，他的敘述長詩〈聖安格尼節前夕〉（The Eve of St. Agnes）也很讓人喜愛。詩裡年輕的愛侶代表脆弱的美，受醜陋的現實包圍。故事情節不複雜，主要是濟慈的筆觸引人入勝，故事的氛圍遠古如夢，但情節卻又像在眼前搬演，他對夜色、冰冷、月光與色彩的描述好似可以觸摸得到，讓人閱讀的當下屏息靜氣。故事的結尾是年輕戀人於風雪的月夜裡逃出城堡，既非悲劇也非圓滿收場，一個開放式結局，讓人驚訝，也讓人低迴不已。

瘦小的濟慈散發高昂鬥志的氣息，縱使在死亡的陰影下，詩裡依然充滿對生命的熱愛與樂觀的調性。在濟慈過世一年後，詩人雪萊溺斃海中，屍體數天後漂到海灘上，與拜倫一起去認屍的愛德華·崔隆尼（Edward Trelawny）告訴我們，雪萊生前最後閱讀的作品是濟慈的詩：「瘦高的身材，外套上，一個口袋裝著索福克里斯的書，另一個口袋是濟慈的詩集，往後摺，好像讀這本詩集的人於閱讀之際匆忙塞進口袋。」

　　當濟慈病逝羅馬，悲傷的雪萊寫下了傳世的輓歌〈阿東尼斯〉悼念濟慈。在該詩最後，我們看到濟慈成了一顆耀星，放射永恆的光芒，指引詩人的靈魂航向柏拉圖先驗理型的宇宙星際最後之旅：

　　　　柔和的天空微笑著，輕風在近處低語：
　　　　那是阿東尼斯的呼喚！快去啊，
　　　　不要再讓生分開死所能結合的。

　　　　光的微笑燃亮宇宙，
　　　　美使萬物自強不息，
　　　　天恩是伴隨著出生的墮落
　　　　所無法澆熄，永不息止的愛
　　　　經由人、野獸、泥土、空氣、大海
　　　　盲目交織的存在之網，

燃燒明亮或昏濛，種種都是所渴望之火
各自的映顯；此刻正向我放光，
吞噬冰冷無法久存的最後殘雲。

呼吸的力量我在歌裡呼喚
降臨於我；我的靈魂小舟被驅趕，
遠離岸邊，遠離顫慄的群眾
他們從未航向暴風雨；
巨大地球與球體天空被撕開！
我被帶往幽黑、恐怖、遙遠之地；
而同時，阿東尼斯的靈魂，
燃燒穿透天堂最深處的遮幕，
像一顆星，
從永恆的居所耀射而來。

致秋天

霧與甘美果實纍纍的季節，
是使萬物成熟的太陽的密友；
他們共謀如何加持祝福
讓攀爬在茅簷的藤蔓豐載果實；
讓茅屋旁披著苔痕的樹背負蘋果，
讓所有的果實打從果心熟透；
讓葫蘆脹大，讓榛果殼鼓起
懷著甜果心；讓更多的蓓蕾吐放，
更多、更多晚開的花供蜜蜂採蜜，
直到牠們以為溫暖的日子永不止，
只因夏天讓牠們濕冷的蜜房滿溢。

誰不經常看見妳在妳的穀倉裡？
有時也可以在戶外看到
妳無憂無慮坐在打穀場的地上，
讓篩殼的風將妳的髮輕輕吹起；
或躺在收割一半的壟溝上沉睡，
被罌粟的花香迷醉，於是下一行麥
與纏結的野花逃過了妳的鐮刀：
而有時像個拾穗者，妳踩著平穩的

步履，頭頂著穀袋，涉過小河；
或在蘋果酒榨汁機旁，面帶耐心，
接連數小時地看著醇醪徐徐滴淌。

春之歌在哪裡？啊，它們於今安在？
不去想它們，妳亦有妳自己的音樂，
當層層雲朵盛開在黃昏的天際，
且讓收割後的麥田染上玫瑰色彩；
從河邊柳樹間傳來蚊蚋小合唱隊
的悲鳴，忽而上揚，忽而下降
依隨微風的升起或消逝；
且聽成羊的叫聲在山丘間亮響；
蟋蟀在籬樹間歌唱；此時從園中
傳來紅胸知更鳥輕柔的高音叫聲；
還有成排飛翔的燕群在空中鳴囀。

夜鶯頌

1.
我的心抽痛，一種昏沉的麻木
讓我痛苦，彷如飲下了毒鴆，
或一口吞服讓人遲鈍的鴉片
只消一分鐘，便往忘川下沉：
並不是因為羨慕你的快樂，
而是你的快樂太讓我欣喜，
你啊，樹上薄翳輕飄的仙靈，
在這充滿美妙旋律的林地，
綠色山毛櫸叢中，樹影密密，
放開喉嚨陶然歌詠夏季。

2.
喔，但得一口葡萄醇醪！那埋在
地窖深處冷藏經年的珍釀，
一嚐就令人神思花神、鄉間的綠原、
舞蹈、南法的戀歌，還有日曬的快樂！
喔，但得一杯滿滿熱暖的南國，
滿滿純淨掩紅的繆思甘泉，
珠狀的泡沫在杯緣閃爍，

還有染著紫色的杯口；
只消一飲，就能離開塵寰不著蹤影，
與你一同隱沒於幽暗的森林。

3.
遠遁、溶解，並且忘光
你在林中從未知曉的世事，
那疲憊者、罹病者、焦慮者，
世人呆坐聽著彼此的呻吟；
中風者晃著可悲、灰白的疏髮，
年少者蒼白、羸弱，然後死亡；
人世只要有思維就有滿腹的苦楚
以及無神眼睛的絕望，
美保留不住她目光流盼的眼睛，
新愛也未必明日還能渴望著美目。

4.
離去！離去！我要向你飛去！
不乘酒神與他的豹駕的戰車，
而是乘著詩歌無形的羽翼，
雖然呆滯的大腦讓人困惑遲鈍：
我已與你同在！夜色這般溫柔，
或許月后已在寶座高高坐，

群星隨扈簇擁圍繞著她；
但此處幽暗不明，
除卻天光隨著微風閃落
自幽暗的葉隙與苔蘚的曲徑。

5.
我看不到在我腳下是哪種花，
或哪種香味依附在樹枝上，
不過在馨香的幽暗裡，我猜測
依著時令可將哪種芳香賦予
草地、灌木叢，與野生果樹；
白山楂，還有金銀花；
隱身在落葉間將凋謝的紫羅蘭；
還有五月中旬領頭綻放
綴滿露珠珍釀的麝香玫瑰，
即那夏日向晚金蠅嗡嗡成群之處。

6.
我在黑暗裡諦聽，許多次
我幾乎愛戀上安閑的死亡，
在許多冥想詩裡用悅耳的名喚他，
將我平靜的呼吸帶入大虛，
而此刻死去比以往更豐美，

於子夜不帶一絲痛苦消亡，
在你傾湧你的靈魂廣流遼遠
以這般忘我狂喜之際！
你將繼續唱，而我已不再聽聞，
我是一坏黃土對著你莊嚴的安魂曲。

7.

你不是生來要死去的，不朽的鳥！
塵世的苦海不會影響你無憂的心情；
今夜此時我聽到的鳴聲，
古代的帝王與弄臣也聽過：
或許這同樣的歌也曾在路得[1]的
心海裡迴盪，當她思念著家鄉，
在異邦的麥田裡站立落淚；
也是這樣的聲音頻頻
迷住了仙域裡的窗，開向波濤洶湧
的海上，在古老悲涼的仙鄉。

8.

1　指《聖經》舊約〈路得書〉（the Book of Ruth）裡的路得。路得為
　　大衛王的曾祖母，在丈夫過世後，與婆婆拿俄米同行，從摩押地回
　　到猶大地的伯利恆，路途艱辛，路得在麥田裡以拾取麥穗維生。

古老悲涼！此言好比一記警鐘

敲醒我從你身邊回到孤單的自我！

永別！幻象，這個騙人的精靈，

不如它的聲名，無法那麼容易欺騙人。

別了！別了！你如訴如泣的歌聲

穿過鄰近的草原，越過幽靜的溪流，

飄上山丘；終至深深地

埋進另一邊的谷地：

這是幻境，還是一個清醒的夢？

歌聲已遠去消逝：我究是醒還是睡？

詠海

總可以聽到海永恆的呢喃圍繞
在荒涼的海岸，還有它洶湧激盪的波濤
浸沒了千千萬萬個岩洞，直到赫凱特的
魔咒使之歸於它們天荒地老的蒼鬱聲。
海的性情通常溫和怡人，
就連最細小的貝殼也可數日不動
小貝殼躺的地方就一直在它落下處，
被上回那陣來自天上的風所吹落。
哦諸位！當你們的眼球煩憂且疲憊，
那就給它們享受海的寬闊；
哦諸位！當你們的耳朵苦於喧囂的折磨
或聽多了旋律而生膩──
那就坐在古老的岩洞旁，沉思冥想，
　　　直到驚起，彷彿聽到海妖在歌唱！

蚱蜢與蟋蟀

大地的詩歌永不停止：
當鳥兒因炙陽而困倦
沉默樹蔭裡，有一個聲音越過
叢叢樹籬來到剛割過的草地；
那就是蚱蜢的歌聲，他帶頭領唱
在夏日的豪奢裡，享用不盡
他的喜悅；而當他玩倦了
就輕鬆地在舒服的草叢裡歇息。
大地的詩歌永不停止：
在孤涼的冬晚，當冰霜
帶來寂靜，從爐邊響起了
蟋蟀的歌聲，就在溫暖漸升
讓人醺醺欲睡之際，彷彿聽到
蚱蜢的歌聲在繁綠的山坡間迴盪。

明亮的星，但願我如你的堅定

明亮的星，但願我如你的堅定，
但無意高掛天際孤寂放光，
如自然那耐心且不眠的隱士，
永恆地睜開雙眼，定睛注視
湧動的海濤，這大地的祭師，
用聖水淨洗人類居住的海岸，
或凝視落在山脈或荒野上
一片柔軟皚皚的新雪。
非也，而是要堅定地、不變地
把頭枕在我的佳人沉熟的酥胸，
永遠感受著它輕柔的起伏，
永遠在甜蜜的騷動裡醒來，
靜靜、靜靜地聽著她輕勻的呼吸，
就這樣地永遠活著，或狂喜昏厥死去。

為何今晚我笑了？

為何今晚我笑了？沒有聲音會說：
沒有天上的神，地獄的魔鬼
降尊紆貴給我精簡的回答。
於是我迅即轉向我凡人的心。
心哪！你和我在此憂傷孤單；
我說，為何我笑了？喔，致命的痛苦！
喔黑暗！黑暗！我必得長悲歎，
問天問地獄問心皆沉默無語。
為何我笑了？我知道這個生命如寄，
我的想像伸展到它極致的喜悅：
不過我但願就在此子夜時刻死去，
寧可見到人世虛榮的旌旗變成碎布；
詩歌、聲名和美固然激烈，
死亡更激烈，它是生命高拔的獎賞。

憂鬱頌

不，不，不要去忘川，也不要
去擰紫花狼毒的根汁做毒酒；
也不要讓你蒼白的額頭被龍葵，
這波斯鳳的紅葡萄，親吻；
不要用紫杉的紅豆做你的念珠，
也不要讓聖甲蟲，還有鬼臉天蛾成了
你悲傷的靈魂，也不要讓毛茸茸的[1]
貓頭鷹做你憂傷的祕密儀式之伴；
若因這樣變成魂魄會太渾濁來到冥府，[2]
而使靈魂清醒的痛苦被淹沒變得呆滯。

---

1 古時靈魂（Psyche/soul）有時會以蝴蝶或蛾代表，當人臨終之際即從人的嘴巴飛出去。第六行的「聖甲蟲」為重生的象徵，古埃及人將其置放在棺槨中，認為這樣做可以保護遺體，因而得以重生。

2 原文是For shade to shade will come to drowsily。第一個“shade”指的應是人死後的魂魄，第二個“shade”指的應是冥府。希臘羅馬神話與宗教裡的Hades（冥府），在英文裡常以shade表示，是死後靈魂的聚居處，一個陰鬱呆滯的地方，在這裡既無大痛苦亦無真正的快樂。亡魂居此也彷如在黯淡的夢裡，半睡半醒，因而無法清醒深刻體會真正的痛苦。所以濟慈建議人不要麻木自己的痛苦，應進入痛苦的深處。人若自我了斷變成了呆滯麻木的魂魄，就無法深澈感受了解所受痛苦的黑暗。（感謝賴傑威先生George Lytle的解明。）

不過當憂鬱發作，像猛然
從天而降的一陣哭泣的雲翳，
培育所有垂頭的花，
以四月的壽衣遮蓋青翠的山坡；
然後讓你的憂傷飽食早晨的玫瑰，
或一道立在海波浪花上的彩虹，
或是球狀牡丹的馥郁豔麗；
或者要是你的情人對你瞋怒，
那就緊握住她柔軟的手，讓她斥責，
且深深吸吮著她美麗無雙的眼眸。

她與美同住，而美總得一死；
還有喜悅，總是把手放在他的唇上，
道著永別；會痛的快樂靠得很近，
當被蜜蜂吸飲時就成了毒漿：
是的，在喜樂的廟堂裡
蒙紗的憂鬱有她的神龕，
但僅有能以他強而有力的舌頭爆破
喜悅的葡萄在他嘴裡者，才能看到；3

---

3 這兩行的意思是指，只有準備沉浸近乎暴力般歡愉喜悅的人，才知
　憂鬱住「在喜樂的廟堂裡」。因為這種極其強烈的歡愉會如火光一
　閃般，讓人短暫置身狂喜忘我之境後，隨即將人帶入憂鬱的深淵。

他的靈魂將嚐到她悲傷的強大威力，
就此成了她掛在雲端上的一個戰利品。

當我有我會先死的恐懼

當我有我會先死的恐懼
在未以筆拾掇富產的思穗之前，
在未以文字寫成的書高高疊起，
像豐實的倉廩儲滿成熟的穀物之前；
當我看到夜晚星光閃閃的臉龐，
有著偉岸傳奇費猜疑的諸多象徵，
想到我可能無法活到將它們的幽微
以偶然的神妙之手模寫下來；
當我感到短暫相會的可人兒，
再也無法好好端詳著妳，
再也無法沉浸在那神仙般
不做他想的愛裡 —— 當其時我在
廣大的世界岸邊獨自佇立，沉想
直到愛與聲名皆沒入虛無裡。

人的四季

四季交替完成一年的時序：
在人的內心裡存有四季。
當清澈的幻想以片刻功夫吸納
所有的美，那是他盎然的春天：
當他豐饒地咀嚼著妙美春思
吐出的甜思蜜想，那是他的夏天，
直到，他的靈魂消融這些思想，它們
才成為他的一部分。他有他秋天的港口
與歇息的避難所，當他收起
疲憊的雙翼，滿足閒適地
觀看霧靄：任美麗景物
宛若你門前小溪的水逝走。
他亦有他的冬天，蒼白扭曲的面容，
若非這樣，他會忘記他必死的本質。

希臘古甕頌

你，依然貞靜玉潔的新娘，

你，無聲與靜緩時間撫育的孩子，

鄉野史家，你娓娓道來的一個

曲麗的故事，較之我們的詩章更甜美：

是怎樣綠葉鑲邊的傳奇圍繞著你那

神或人的形體，或兩者，訴說不盡。

在坦佩谷抑或阿卡迪之谷？[1]

這些是怎樣的人或神？少女不悅什麼？

瘋狂追求什麼？掙扎逃避什麼？

怎樣的笛和鈸？怎樣野肆的狂歡？

聽得見的旋律是美的，不過聽不見的旋律

更甜美，如是，你輕柔的笛，繼續吹；

不是為肉耳而奏，而是更高貴的，

為靈魂吹奏無聲的小調：

樹下的美少年，你無法離你的歌

而去，那些樹也不會葉落光禿；

1　坦佩谷位於希臘，代表無以倫比的鄉間美景。阿卡迪谷則是田園理
　　想的象徵。

大膽的情人，你永遠無法一親芳澤，
雖然就僅差一步，不過，無需心傷；
她的青春永不褪色，雖然你得不到滿足，
你將永遠愛著，而她永遠美麗！

啊，快樂幸福的樹枝！你的樹葉
永遠不會凋謝，春天也不會告別；
而曲調悠揚的吹笛者也永不厭倦，
無聲笛音永繚繞，永遠常新；
更幸福的愛！更其快樂幸福的愛！
永遠溫暖且永遠期待享受其中，
永遠熱望，也永遠年輕；
凌駕於所有人類的激情，
不會留下一顆悲傷和膩煩的心，
一抹燒燙的額頭，和一個乾燥的舌頭。

這些來祭祀的是何人？
前往什麼綠色的神壇？哦神祕的祭司，
牽著向天空發出長哞的小母牛，
牠光滑柔軟的兩側掛滿花環。
自哪個小城鎮來？是位在河濱或海邊，
或是建在山裡有著寧靜高高的堡壘，
在這個虔誠的早晨，鎮民都走光？

小城鎮啊，你的街道將永遠
靜寂無聲，永遠不會有人能回來
說明為何杳無人煙的原因。

喔你希臘的形狀，美麗的姿態！
你全身交織著大理石刻的男女，
枝葉扶疏，也有被踩過的青草；
你，無聲的形體，讓我們無思無想，
一如永恆：冰冷的牧歌！
當老年將這一代吞噬，
你依然存在，置身於代代的悲傷
之外，一個人類的朋友，你對世人說，
「美即是真，真即是美，這就是你們
在人世間唯一所知且唯一須知的事。」

初讀恰普曼譯荷馬

我在黃金國度遊歷甚廣，
見識過許多優美的城邦和王國；
我也曾周遊西方眾多島嶼，
那兒的詩人皆以阿波羅馬首是瞻。
常聽人說起有一處廣袤之域，
是蹙額皺眉的荷馬統治的領地；
我從未呼吸過該地純淨的空氣
直到聽聞恰普曼直搗黃龍的言語：
於是我感覺像個天象的觀測者
當一顆新星游進他的視界；
或像勇敢的柯特茲以鷹眼[1]
凝視著太平洋，當他的手下
個個惴著胡亂的臆測彼此對望，
寂靜無語，站在達利安的峰頂。

---

1 濟慈在此誤植人名，首次看到太平洋的不是西班牙著名探險家柯特茲，而是另一位西班牙探險家巴爾柏（Vasco Núñez de Balboa）。他率領了一隊歐洲人對巴拿馬地峽進行探險時，在達利安峰頂上首次看到太平洋。

致荷馬

孑然佇立在巨大的無知裡，
我聽見你和賽克勒底斯島，
就如一個坐在岸邊的人，渴望
探觸在深海域的海豚珊瑚礁。
你是盲眼，不過遮幕倒是裂開的，
宙斯敞開天穹讓你活起來，
尼普頓為你準備泡泡帳篷
而潘神使祂的森林為你歌唱；
啊，在黑暗的岸上有光，
而斷崖邊則有完好的草地，
子夜裡有一個早晨的芽在抽長，
在銳利的盲眼裡有三重視域；
你曾有的這般視界，狄安也擁有，[1]
這統馭地球、天堂與地獄的女王。

論十四行詩

若説我們的英文必得受呆板的腳韻束縛，
像安朵美達那樣，縱任是苦痛的美麗，[1]
甜美的十四行詩要受腳鐐手鐐；
若我們必得被束縛，那讓我們找出
更能依形訂製且更全面的涼鞋
是適合詩的一雙赤腳；
讓我們檢視七弦豎琴，衡量每一根弦
的緊度，然後看看我們豎起的耳朵
與適當的專注，能夠獲得什麼：
讓我們對聲音與音節的吝嗇，
不輸給米達斯對於他的金子，[2]

---

1 安朵美達（Andromeda, 即仙女座），希臘神話裡的美女，伊索比亞
  公主。其母曾說安朵美達比所有的海仙女都美，因而觸怒了海神波
  斯頓之妻安菲崔特，為此，波斯頓派出海怪克托（Ceto, 鯨魚座）
  摧毀衣索比亞。安朵美達的父親克普斯為此感到憤怒卻無力還擊，
  只得請求神諭。神諭揭示只有獻上安朵美達一途，她因此被手鐐腳
  鐐拴在海岸邊一塊岩石上準備獻給克托。恰巧帕修斯經過此地，他
  用美杜莎的人頭將她救出，之後兩人便成為夫妻。
2 希臘神話裡愛金子成癖的國王米達斯對酒神戴奧尼索斯説：「請讓
  我碰到的所有東西都變為金子。」酒神讓他如願以償。於是當米達
  斯坐下來吃飯，食物與水都變成金子，同時當米達斯寵愛的小女兒
  瑪莉葛黛跑上前擁抱他，也頃刻變成冰冷的金像！

也讓我們嫉恨月桂花冠裡的枯葉吧；
所以，倘若我們不能讓繆思自由，
她將被受限在她自己的花環裡。

詩選原文

Robert Burns

Auld Lang Syne

Should auld acquaintance be forgot,
And never brought to mind?
Should auld acquaintance be forgot,
And auld lang syne.

Chorus:
For auld lang syne, my jo,
For auld lang syne,
We'll tak a cup o' kindness yet,
For auld lang syne.

And surely ye'll be your pint-stowp!
And surely I'll be mine!
And we'll tak a cup o' kindness yet,
For auld lang syne.

Chorus
We twa hae run about the braes
And pu'd the gowans fine;
But we've wander'd mony a weary foot

Sin auld lang syne.

Chorus

We twa hae paidl'd i' the burn,

Frae mornin' sun till dine;

But seas between us braid hae roar'd

Sin auld lang syne.

Chorus

And there's a hand, my trusty fiere!

And gie's a hand o' thine!

And we'll tak a right guid willy waught,

For auld lang syne.

For A' That, and A' That

Is there for honest Poverty

That hings his head, an' a' that;

The coward-slave, we pass him by,

We dare be poor for a' that!

For a' that, an' a' that.

Our toils obscure an' a' that,

The rank is but the guinea's stamp,

The Man's the gowd for a' that.

What though on hamely fare we dine,

Wear hoddin grey, an' a that;

Gie fools their silks, and knaves their wine;

A Man's a Man for a' that:

For a' that, and a' that,

Their tinsel show, an' a' that;

The honest man, tho' e'er sae poor,

Is king o' men for a' that.

Ye see yon birkie ca'd a lord,

Wha struts, an' stares, an' a' that,

Tho' hundreds worship at his word,

He's but a coof for a' that.

For a' that, an' a' that,

His ribband, star, an' a' that,

The man o' independent mind,

He looks an' laughs at a' that.

A Prince can mak a belted knight,

A marquis, duke, an' a' that!

But an honest man's aboon his might –

Guid faith, he mauna fa' that!

For a' that, an' a' that,

Their dignities, an' a' that,

The pith o' Sense an' pride o' Worth

Are higher rank than a' that.

Then let us pray that come it may,

As come it will for a' that,

That Sense and Worth, o'er a' the earth

Shall bear the gree an' a' that.

For a' that, an' a' that,

It's comin yet for a' that,

That Man to Man the warld o'er

Shall brithers be for a' that.

To A Mouse

On turning her up in her nest with the plough, November 1785.

Wee, sleekit, cow'rin, tim'rous beastie,

O, what a panic's in thy breastie!

Thou need na start awa sae hasty

Wi bickering brattle!

I wad be laith to rin an' chase thee,

Wi' murdering pattle!

I'm truly sorry man's dominion

Has broken Nature's social union,

An' justifies that ill opinion

Which makes thee startle

At me, thy poor, earth born companion

An' fellow mortal!

I doubt na, whyles, but thou may thieve;

What then? poor beastie, thou maun live!

A daimen icker in a thrave

'S a sma' request;

I'll get a blessin wi' the lave,

An' never miss't.

Thy wee-bit housie, too, in ruin!
It's silly wa's the win's are strewin!
An' naething, now, to big a new ane,
O' foggage green!
An' bleak December's win's ensuin,
Baith snell an' keen!

Thou saw the fields laid bare an' waste,
An' weary winter comin fast,
An' cozie here, beneath the blast,
Thou thought to dwell,
Till crash! the cruel coulter past
Out thro' thy cell.

That wee bit heap o' leaves an' stibble,
Has cost thee monie a weary nibble!
Now thou's turned out, for a' thy trouble,
But house or hald,
To thole the winter's sleety dribble,
An' cranreuch cauld.

But Mousie, thou art no thy lane,

In proving foresight may be vain:

The best laid schemes o' mice an' men

Gang aft agley,

An' lea'e us nought but grief an' pain,

For promis'd joy!

Still thou are blest, compared wi' me!

The present only toucheth thee:

But och! I backward cast my e'e,

On prospects drear!

An' forward, tho' I canna see,

I guess an' fear!

To a Louse

Ha! whare ye gaun, ye crowlin ferlie?[1]

Your impudence protects you sairly;

I canna say but ye strunt rarely

Owre gauze and lace,

Tho faith! I fear ye dine but sparely

On sic a place.

Ye ugly, creepin, blastit wonner,

Detested. shunn'd by saunt an sinner,

How daur ye set your fit upon her -

Sae fine a lady!

Gae somewhere else and seek your dinner

On some poor body.

---

1 Meaning of unusual words:
   crowlin ferlie=crawling marvel / strunt=strut / fit=foot / Swith!=Off! /
   hauflet squattle=temples squat / sprattle=scramble / fatt'rils=falderols
   / grozet=gooseberry / ozet=resin / fell=deadly / smeddum=powder
   / droddum=backside / flainen toy=flannelcap / aiblins=perhaps /
   duddie=small / wyliecoat=ragged vest / Lunardi=balloon bonnet

Swith! in some beggars hauffet squattle:

There ye may creep, and sprawl, and sprattle,

Wi'ither kindred, jumping cattle;

In shoals and nations;

Whare horn nor bane ne'er daur unsettle

Your thick plantations.

Now haud you there! ye're out o sight,

Below the fatt'rils, snug an tight,

Na, faith ye yet! ye'll no be right,

Till ye've got on it -

The vera tapmost, tow'rin height

O Miss's bonnet.

My sooth! right bauld ye set your nose out,

As plump an grey as onie grozet:

O for some rank, mercurial rozet,

Or fell, red smeddum,

I'd gie you sic a hearty dose o't,

Wad dress your droddum!

I wad na been surpris'd to spy

You on an auld wife's flainen toy;

Or aiblins some bit duddie boy,
On's wyliecoat:
But Miss's fine Lunardi! fye!
How daur ye do't?

O Jeany, dinna toss your head.
An set your beauties a' abread!
Ye little ken what cursed speed
The blastie's makin!
Thae winks an finger-ends, I dread,
Are notice takin!

O wad some Power the gift tae gie us
To see oursels as ithers see us!
It wad frae mony a blunder free us,
An foolish notion:
What airs in dress an gait wad lea'e us,
An ev'n devotion!

Scots Wha Hae

Scots, wha hae wi' Wallace bled,
Scots, wham Bruce has aften led;
Welcome to your gory bed,
    Or to victory!

Now's the day, and now's the hour;
See the front o' battle lour;
See approach proud Edward's power —
    Chains and slavery!

Wha will be a traitor knave?
Wha can fill a coward's grave!
Wha sae base as be a slave?
    Let him turn and flee!

Wha for Scotland's king and law
Freedom's sword will strongly draw,
Freeman stand, or freeman fa',
    Let him follow me!

By oppression's woes and pains!

By your sons in servile chains!

We will drain our dearest veins,

But they shall be free!

Lay the proud usurpers low!

Tyrants fall in every foe!

Liberty's in every blow! —

Let us do or die!

A Red, Red Rose

O my Luve is like a red, red rose
  That's newly sprung in June;
O my Luve is like the melody
  That's sweetly played in tune.

So fair art thou, my bonnie lass,
  So deep in luve am I;
And I will luve thee still, my dear,
  Till a' the seas gang dry.

Till a' the seas gang dry, my dear,
  And the rocks melt wi' the sun;
I will love thee still, my dear,
  While the sands o' life shall run.

And fare thee weel, my only luve!
  And fare thee weel awhile!
And I will come again, my luve,
Though it were ten thousand mile.

Ae Fond Kiss

Ae fond kiss, and then we sever;

Ae fareweel, and then forever!

Deep in heart-wrung tears I'll pledge thee,

Warring sighs and groans I'll wage thee.

Who shall say that Fortune grieves him,

While the star of hope she leaves him?

Me, nae cheerfu' twinkle lights me;

Dark despair around benights me.

I'll ne'er blame my partial fancy,

Naething could resist my Nancy;

But to see her was to love her;

Love but her, and love forever.

Had we never lov'd sae kindly,

Had we never lov'd sae blindly,

Never met — or never parted —

We had ne'er been broken-hearted.

Fare thee weel, thou first and fairest!

Fare thee weel, thou best and dearest!

Thine be ilka joy and treasure,

Peace. enjoyment, love, and pleasure!

Ae fond kiss, and then we sever;

Ae fareweel, alas, forever!

Deep in heart-wrung tears I'll pledge thee,

Warring sighs and groans I'll wage thee!

William Blake

To Autumn

O Autumn, laden with fruit, and stained
With the blood of the grape, pass not, but sit
Beneath my shady roof; there thou mayst rest,
And tune thy jolly voice to my fresh pipe,
And all the daughters of the year shall dance!
Sing now the lusty song of fruits and flowers.

"The narrow bud opens her beauties to
The sun, and love runs in her thrilling veins;
Blossoms hang round the brows of Morning, and
Flourish down the bright cheek of modest Eve,
Till clust'ring Summer breaks forth into singing,
And feather'd clouds strew flowers round her head.

"The spirits of the air live on the smells
Of fruit; and Joy, with pinions light, roves round
The gardens, or sits singing in the trees."
Thus sang the jolly Autumn as he sat;
Then rose, girded himself, and o'er the bleak
Hills fled from our sight; but left his golden load.

The Echoing Green

The sun does arise,
And make happy the skies.
The merry bells ring
To welcome the Spring.
The sky-lark and thrush,
The birds of the bush,
Sing louder around,
To the bells' cheerful sound.
While our sports shall be seen
On the Ecchoing Green.

Old John, with white hair
Does laugh away care,
Sitting under the oak,
Among the old folk,
They laugh at our play,
And soon they all say.
  'Such, such were the joys.
When we all girls & boys,
In our youth-time were seen,

On the Ecchoing Green.'

Till the little ones weary
No more can be merry
The sun does descend,
And our sports have an end:
Round the laps of their mothers,
Many sisters and brothers,
Like birds in their nest,
Are ready for rest;
And sport no more seen,
On the darkening Green.

My Pretty Rose Tree

A flower was offered to me,
Such a flower as May never bore;
But I said, 'I've a pretty rose tree,'
And I passed the sweet flower o'er.

Then I went to my pretty rose tree,
To tend her by day and by night;
But my rose turned away with jealousy,
And her thorns were my only delight.

The Sick Rose

O Rose thou art sick!
The invisible worm
That flies in the night,
In the howling storm:

Has found out thy bed
Of crimson joy:
And his dark secret love
Does thy life destroy.

A Poison Tree

I was angry with my friend;
I told my wrath, my wrath did end.
I was angry with my foe:
I told it not, my wrath did grow.

And I waterd it in fears,
Night & morning with my tears:
And I sunned it with smiles,
And with soft deceitful wiles.

And it grew both day and night.
Till it bore an apple bright.
And my foe beheld it shine,
And he knew that it was mine.

And into my garden stole,
When the night had veild the pole;
In the morning glad I see;
My foe outstretched beneath the tree.

The Clod and the Pebble

"Love seeketh not itself to please,
Nor for itself hath any care,
But for another gives its ease,
And builds a Heaven in Hell's despair."

So sung a little Clod of Clay
Trodden with the cattle's feet,
But a Pebble of the brook
Warbled out these metres meet:

"Love seeketh only self to please,
To bind another to its delight,
Joys in another's loss of ease,
And builds a Hell in Heaven's despite."

The Fly

Little Fly
Thy summer's play,
My thoughtless hand
Has brush'd away.

Am not I
A fly like thee?
Or art not thou
A man like me?

For I dance
And drink & sing;
Till some blind hand
Shall brush my wing.

If thought is life
And strength & breath;
And the want
Of thought is death;

Then am I

A happy fly,

If I live,

Or if I die.

The Tyger

Tyger Tyger, burning bright,
In the forests of the night;
What immortal hand or eye,
Could frame thy fearful symmetry?

In what distant deeps or skies
Burnt the fire of thine eyes?
On what wings dare he aspire?
What the hand, dare seize the fire?

And what shoulder, & what art,
Could twist the sinews of thy heart?
And when thy heart began to beat,
What dread hand? & what dread feet?

What the hammer? what the chain,
In what furnace was thy brain?
What the anvil? what dread grasp,
Dare its deadly terrors clasp!

When the stars threw down their spears

And water'd heaven with their tears:

Did he smile his work to see?

Did he who made the Lamb make thee?

Tyger Tyger burning bright,

In the forests of the night:

What immortal hand or eye,

Dare frame thy fearful symmetry?

London

I wander thro' each charter'd street,
Near where the charter'd Thames does flow.
And mark in every face I meet
Marks of weakness, marks of woe.

In every cry of every Man,
In every Infants cry of fear,
In every voice: in every ban,
The mind-forg'd manacles I hear:

How the Chimney-sweepers cry
Every blackning Church appalls,
And the hapless Soldiers sigh
Runs in blood down Palace walls.

But most thro' midnight streets I hear
How the youthful Harlots curse
Blasts the new-born Infants tear,
And blights with plagues the Marriage hearse.

The Divine Image

To Mercy, Pity, Peace, and Love
All pray in their distress;
And to these virtues of delight
Return their thankfulness.

For Mercy, Pity, Peace, and Love
Is God, our father dear,
And Mercy, Pity, Peace, and Love
Is Man, his child and care.

For Mercy has a human heart,
Pity a human face,
And Love, the human form divine,
And Peace, the human dress.

Then every man, of every clime,
That prays in his distress,
Prays to the human form divine,
Love, Mercy, Pity, Peace.

And all must love the human form,

In heathen, Turk, or Jew;

Where Mercy, Love, and Pity dwell

There God is dwelling too.

William Wordsworth

Nutting

— It seems a day

(I speak of one from many singled out)

One of those heavenly days that cannot die;

When, in the eagerness of boyish hope,

I left our cottage-threshold, sallying forth

With a huge wallet o'er my shoulders slung,

A nutting-crook in hand; and turned my steps

Tow'rd some far-distant wood, a Figure quaint,

Tricked out in proud disguise of cast-off weeds

Which for that service had been husbanded,

By exhortation of my frugal Dame —

Motley accoutrement, of power to smile

At thorns, and brakes, and brambles, — and, in truth,

More ragged than need was! O'er pathless rocks,

Through beds of matted fern, and tangled thickets,

Forcing my way, I came to one dear nook

Unvisited, where not a broken bough

Drooped with its withered leaves, ungracious sign

Of devastation; but the hazels rose

Tall and erect, with tempting clusters hung,

A virgin scene! — A little while I stood,

Breathing with such suppression of the heart

As joy delights in; and, with wise restraint

Voluptuous, fearless of a rival, eyed

The banquet; — or beneath the trees I sate

Among the flowers, and with the flowers I played;

A temper known to those, who, after long

And weary expectation, have been blest

With sudden happiness beyond all hope.

Perhaps it was a bower beneath whose leaves

The violets of five seasons re-appear

And fade, unseen by any human eye;

Where fairy water-breaks do murmur on

For ever; and I saw the sparkling foam,

And — with my cheek on one of those green stones

That, fleeced with moss, under the shady trees,

Lay round me, scattered like a flock of sheep —

I heard the murmur, and the murmuring sound,

In that sweet mood when pleasure loves to pay

Tribute to ease; and, of its joy secure,

The heart luxuriates with indifferent things,

Wasting its kindliness on stocks and stones,

And on the vacant air. Then up I rose,

And dragged to earth both branch and bough, with crash

And merciless ravage: and the shady nook

Of hazels, and the green and mossy bower,

Deformed and sullied, patiently gave up

Their quiet being: and, unless I now

Confound my present feelings with the past;

Ere from the mutilated bower I turned

Exulting, rich beyond the wealth of kings,

I felt a sense of pain when I beheld

The silent trees, and saw the intruding sky. —

Then, dearest Maiden, move along these shades

In gentleness of heart; with gentle hand

Touch — for there is a spirit in the woods.

She Dwelt among the Untrodden Ways

She dwelt among the untrodden ways
Beside the springs of Dove,
A Maid whom there were none to praise
And very few to love:

A violet by a mossy stone
Half hidden from the eye!
Fair as a star, when only one
Is shining in the sky.

She lived unknown, and few could know
When Lucy ceased to be;
But she is in her grave, and, oh,
The difference to me!

I travelled among unknown men

I travelled among unknown men,
In lands beyond the sea;
Nor, England! did I know till then
What love I bore to thee.

'Tis past, that melancholy dream!
Nor will I quit thy shore
A second time; for still I seem
To love thee more and more.

Among thy mountains did I feel
The joy of my desire;
And she I cherished turned her wheel
Beside an English fire.

Thy mornings showed, thy nights concealed,
The bowers where Lucy played;
And thine too is the last green field
That Lucy's eyes surveyed.

The Daffodils

I wandered lonely as a cloud
That floats on high o'er vales and hills,
When all at once I saw a crowd,
A host, of golden daffodils;
Beside the lake, beneath the trees,
Fluttering and dancing in the breeze.

Continuous as the stars that shine
And twinkle on the milky way,
They stretched in never-ending line
Along the margin of a bay:
Ten thousand saw I at a glance,
Tossing their heads in sprightly dance.

The waves beside them danced; but they
Out-did the sparkling waves in glee:
A poet could not but be gay,
In such a jocund company:
I gazed — and gazed — but little thought
What wealth the show to me had brought:

For oft, when on my couch I lie

In vacant or in pensive mood,

They flash upon that inward eye

Which is the bliss of solitude;

And then my heart with pleasure fills,

And dances with the daffodils.

My Heart Leaps Up

My heart leaps up when I behold

A rainbow in the sky:

So was it when my life began;

So it is now I am a man;

So be it when I shall grow old,

Or let me die!

The child is father of the man;

And I could wish my days to be

It Is a Beauteous Evening

It is a beauteous evening, calm and free,

The holy time is quiet as a Nun

Breathless with adoration; the broad sun

Is sinking down in its tranquillity;

The gentleness of heaven broods o'er the Sea:

Listen! the mighty Being is awake,

And doth with his eternal motion make

A sound like thunder–everlastingly.

Dear Child! dear Girl! that walkest with me here,

If thou appear untouched by solemn thought,

Thy nature is not therefore less divine:

Thou liest in Abraham's bosom all the year;

And worship'st at the Temple's inner shrine,

God being with thee when we know it not.

Surprised by Joy

Surprised by joy — impatient as the Wind
I turned to share the transport — Oh! with whom
But Thee, long buried in the silent Tomb,
That spot which no vicissitude can find?
Love, faithful love, recalled thee to my mind —
But how could I forget thee? — Through what power,
Even for the least division of an hour,
Have I been so beguiled as to be blind
To my most grievous loss! — That thought's return
Was the worst pang that sorrow ever bore,
Save one, one only, when I stood forlorn,
Knowing my heart's best treasure was no more;
That neither present time, nor years unborn
Could to my sight that heavenly face restore.

The World Is Too Much with Us

The world is too much with us; late and soon,

Getting and spending, we lay waste our powers; —

Little we see in Nature that is ours;

We have given our hearts away, a sordid boon!

This Sea that bares her bosom to the moon;

The winds that will be howling at all hours,

And are up-gathered now like sleeping flowers;

For this, for everything, we are out of tune;

It moves us not. Great God! I'd rather be

A Pagan suckled in a creed outworn;

So might I, standing on this pleasant lea,

Have glimpses that would make me less forlorn;

Have sight of Proteus rising from the sea;

Or hear old Triton blow his wreathèd horn.

Resolution and Independence

There was a roaring in the wind all night;
The rain came heavily and fell in floods;
But now the sun is rising calm and bright;
The birds are singing in the distant woods;
Over his own sweet voice the Stock-dove broods;
The Jay makes answer as the Magpie chatters;
And all the air is filled with pleasant noise of waters.

All things that love the sun are out of doors;
The sky rejoices in the morning's birth;
The grass is bright with rain-drops; — on the moors
The hare is running races in her mirth;
And with her feet she from the plashy earth
Raises a mist, that, glittering in the sun,
Runs with her all the way, wherever she doth run.

I was a Traveller then upon the moor;
I saw the hare that raced about with joy;
I heard the woods and distant waters roar;
Or heard them not, as happy as a boy:

The pleasant season did my heart employ:

My old remembrances went from me wholly;

And all the ways of men, so vain and melancholy.

But, as it sometimes chanceth, from the might

Of joys in minds that can no further go,

As high as we have mounted in delight

In our dejection do we sink as low;

To me that morning did it happen so;

And fears and fancies thick upon me came;

Dim sadness — and blind thoughts, I knew not, nor could name.

I heard the sky-lark warbling in the sky;

And I bethought me of the playful hare:

Even such a happy Child of earth am I;

Even as these blissful creatures do I fare;

Far from the world I walk, and from all care;

But there may come another day to me —

Solitude, pain of heart, distress, and poverty.

My whole life I have lived in pleasant thought,

As if life's business were a summer mood;

As if all needful things would come unsought

To genial faith, still rich in genial good;
But how can He expect that others should
Build for him, sow for him, and at his call
Love him, who for himself will take no heed at all?

I thought of Chatterton, the marvellous Boy,
The sleepless Soul that perished in his pride;
Of Him who walked in glory and in joy
Following his plough, along the mountain-side:
By our own spirits are we deified:
We Poets in our youth begin in gladness;
But thereof come in the end despondency and madness.

Now, whether it were by peculiar grace,
A leading from above, a something given,
Yet it befell that, in this lonely place,
When I with these untoward thoughts had striven,
Beside a pool bare to the eye of heaven
I saw a Man before me unawares:
The oldest man he seemed that ever wore grey hairs.

As a huge stone is sometimes seen to lie
Couched on the bald top of an eminence;

Wonder to all who do the same espy,

By what means it could thither come, and whence;

So that it seems a thing endued with sense:

Like a sea-beast crawled forth, that on a shelf

Of rock or sand reposeth, there to sun itself;

Such seemed this Man, not all alive nor dead,

Nor all asleep — in his extreme old age:

His body was bent double, feet and head

Coming together in life's pilgrimage;

As if some dire constraint of pain, or rage

Of sickness felt by him in times long past,

A more than human weight upon his frame had cast.

Himself he propped, limbs, body, and pale face,

Upon a long grey staff of shaven wood:

And, still as I drew near with gentle pace,

Upon the margin of that moorish flood

Motionless as a cloud the old Man stood,

That heareth not the loud winds when they call,

And moveth all together, if it move at all.

At length, himself unsettling, he the pond

Stirred with his staff, and fixedly did look
Upon the muddy water, which he conned,
As if he had been reading in a book:
And now a stranger's privilege I took;
And, drawing to his side, to him did say,
"This morning gives us promise of a glorious day."

A gentle answer did the old Man make,
In courteous speech which forth he slowly drew:
And him with further words I thus bespake,
"What occupation do you there pursue?
This is a lonesome place for one like you."
Ere he replied, a flash of mild surprise
Broke from the sable orbs of his yet-vivid eyes.

His words came feebly, from a feeble chest,
But each in solemn order followed each,
With something of a lofty utterance drest —
Choice word and measured phrase, above the reach
Of ordinary men; a stately speech;
Such as grave Livers do in Scotland use,
Religious men, who give to God and man their dues.

He told, that to these waters he had come

To gather leeches, being old and poor:

Employment hazardous and wearisome!

And he had many hardships to endure:

From pond to pond he roamed, from moor to moor;

Housing, with God's good help, by choice or chance;

And in this way he gained an honest maintenance.

The old Man still stood talking by my side;

But now his voice to me was like a stream

Scarce heard; nor word from word could I divide;

And the whole body of the Man did seem

Like one whom I had met with in a dream;

Or like a man from some far region sent,

To give me human strength, by apt admonishment.

My former thoughts returned: the fear that kills;

And hope that is unwilling to be fed;

Cold, pain, and labour, and all fleshly ills;

And mighty Poets in their misery dead.

— Perplexed, and longing to be comforted,

My question eagerly did I renew,

"How is it that you live, and what is it you do?"

He with a smile did then his words repeat;

And said that, gathering leeches, far and wide

He travelled; stirring thus about his feet

The waters of the pools where they abide.

"Once I could meet with them on every side;

But they have dwindled long by slow decay;

Yet still I persevere, and find them where I may."

While he was talking thus, the lonely place,

The old Man's shape, and speech — all troubled me:

In my mind's eye I seemed to see him pace

About the weary moors continually,

Wandering about alone and silently.

While I these thoughts within myself pursued,

He, having made a pause, the same discourse renewed.

And soon with this he other matter blended,

Cheerfully uttered, with demeanour kind,

But stately in the main; and, when he ended,

I could have laughed myself to scorn to find

In that decrepit Man so firm a mind.

"God," said I, "be my help and stay secure;

I'll think of the Leech-gatherer on the lonely moor!"

Steamboats, Viaducts, Railways

Motion and Means, on land and sea at war
With old poetic feeling, not for this,
Shall ye, by Poets even, be judged amiss!
Nor shall your presence, howsoe'er it mar
The loveliness of nature, prove a bar
To the Mind's gaining that prophetic sense
Of future change, that point of vision, whence
May be discovered what in soul ye are.
In spite of all that beauty may disown
In your harsh features, Nature doth embrace
Her lawful offspring in Man's art; and Time,
Pleased with your triumphs o'er his brother Space,
Accepts from your bold hands the proffered crown
Of hope, and smiles on you with cheer sublime.

Samuel Taylor Coleridge

Work without Hope

Lines Composed 21st February 1825

All Nature seems at work. Slugs leave their lair —
The bees are stirring — birds are on the wing —
And Winter slumbering in the open air,
Wears on his smiling face a dream of Spring!
And I the while, the sole unbusy thing,
Nor honey make, nor pair, nor build, nor sing.

   Yet well I ken the banks where amaranths blow,
Have traced the fount whence streams of nectar flow.
Bloom, O ye amaranths! bloom for whom ye may,
For me ye bloom not! Glide, rich streams, away!
With lips unbrightened, wreathless brow, I stroll:
And would you learn the spells that drowse my soul?
Work without Hope draws nectar in a sieve,
And Hope without an object cannot live.

Frost at Midnight

The Frost performs its secret ministry,
Unhelped by any wind. The owlet's cry
Came loud — and hark, again! loud as before.
The inmates of my cottage, all at rest,
Have left me to that solitude, which suits
Abstruser musings: save that at my side
My cradled infant slumbers peacefully.
'Tis calm indeed! so calm, that it disturbs
And vexes meditation with its strange
And extreme silentness. Sea, hill, and wood,
This populous village! Sea, and hill, and wood,
With all the numberless goings-on of life,
Inaudible as dreams! the thin blue flame
Lies on my low-burnt fire, and quivers not;
Only that film, which fluttered on the grate,
Still flutters there, the sole unquiet thing.
Methinks, its motion in this hush of nature
Gives it dim sympathies with me who live,
Making it a companionable form,
Whose puny flaps and freaks the idling Spirit

By its own moods interprets, every where
Echo or mirror seeking of itself,
And makes a toy of Thought.

But O! how oft,
How oft, at school, with most believing mind,
Presageful, have I gazed upon the bars,
To watch that fluttering *stranger*! and as oft
With unclosed lids, already had I dreamt
Of my sweet birth-place, and the old church-tower,
Whose bells, the poor man's only music, rang
From morn to evening, all the hot Fair-day,
So sweetly, that they stirred and haunted me
With a wild pleasure, falling on mine ear
Most like articulate sounds of things to come!
So gazed I, till the soothing things, I dreamt,
Lulled me to sleep, and sleep prolonged my dreams!
And so I brooded all the following morn,
Awed by the stern preceptor's face, mine eye
Fixed with mock study on my swimming book:
Save if the door half opened, and I snatched
A hasty glance, and still my heart leaped up,
For still I hoped to see the *stranger's* face,

Townsman, or aunt, or sister more beloved,
My play-mate when we both were clothed alike!

Dear Babe, that sleepest cradled by my side,
Whose gentle breathings, heard in this deep calm,
Fill up the interspersèd vacancies
And momentary pauses of the thought!
My babe so beautiful! it thrills my heart
With tender gladness, thus to look at thee,
And think that thou shalt learn far other lore,
And in far other scenes! For I was reared
In the great city, pent 'mid cloisters dim,
And saw nought lovely but the sky and stars.
But *thou*, my babe! shalt wander like a breeze
By lakes and sandy shores, beneath the crags
Of ancient mountain, and beneath the clouds,
Which image in their bulk both lakes and shores
And mountain crags: so shalt thou see and hear
The lovely shapes and sounds intelligible
Of that eternal language, which thy God
Utters, who from eternity doth teach
Himself in all, and all things in himself.
Great universal Teacher! he shall mould

Thy spirit, and by giving make it ask.

Therefore all seasons shall be sweet to thee,
Whether the summer clothe the general earth
With greenness, or the redbreast sit and sing
Betwixt the tufts of snow on the bare branch
Of mossy apple-tree, while the night-thatch
Smokes in the sun-thaw; whether the eave-drops fall
Heard only in the trances of the blast,
Or if the secret ministry of frost
Shall hang them up in silent icicles,
Quietly shining to the quiet Moon.

The Eolian Harp

My pensive Sara! thy soft cheek reclined

Thus on mine arm, most soothing sweet it is

To sit beside our Cot, our Cot o'ergrown

With white-flowered Jasmin, and the broad-leaved Myrtle,

(Meet emblems they of Innocence and Love!)

And watch the clouds, that late were rich with light,

Slow saddening round, and mark the star of eve

Serenely brilliant (such would Wisdom be)

Shine opposite! How exquisite the scents

Snatched from yon bean-field! and the world so hushed!

The stilly murmur of the distant Sea

Tells us of silence.

        And that simplest Lute,

Placed length-ways in the clasping casement, hark!

How by the desultory breeze caressed,

Like some coy maid half yielding to her lover,

It pours such sweet upbraiding, as must needs

Tempt to repeat the wrong! And now, its strings

Boldlier swept, the long sequacious notes

Over delicious surges sink and rise,

Such a soft floating witchery of sound

As twilight Elfins make, when they at eve

Voyage on gentle gales from Fairy-Land,

Where Melodies round honey-dropping flowers,

Footless and wild, like birds of Paradise,

Nor pause, nor perch, hovering on untamed wing!

O! the one Life within us and abroad,

Which meets all motion and becomes its soul,

A light in sound, a sound-like power in light,

Rhythm in all thought, and joyance everywhere —

Methinks, it should have been impossible

Not to love all things in a world so filled;

Where the breeze warbles, and the mute still air

Is Music slumbering on her instrument.

And thus, my Love! as on the midway slope

Of yonder hill I stretch my limbs at noon,

Whilst through my half-closed eyelids I behold

The sunbeams dance, like diamonds, on the main,

And tranquil muse upon tranquility:

Full many a thought uncalled and undetained,

And many idle flitting phantasies,

Traverse my indolent and passive brain,

As wild and various as the random gales

That swell and flutter on this subject Lute!

And what if all of animated nature

Be but organic Harps diversely framed,

That tremble into thought, as o'er them sweeps

Plastic and vast, one intellectual breeze,

At once the Soul of each, and God of all?

But thy more serious eye a mild reproof

Darts, O beloved Woman! nor such thoughts

Dim and unhallowed dost thou not reject,

And biddest me walk humbly with my God.

Meek Daughter in the family of Christ!

Well hast thou said and holily dispraised

These shapings of the unregenerate mind;

Bubbles that glitter as they rise and break

On vain Philosophy's aye-babbling spring.

For never guiltless may I speak of him,

The Incomprehensible! save when with awe

I praise him, and with Faith that inly feels;

Who with his saving mercies healèd me,

A sinful and most miserable man,

Wildered and dark, and gave me to possess

Peace, and this Cot, and thee, heart-honored Maid!

Epitaph

Stop, Christian passer-by! — Stop, child of God,
And read with gentle breast. Beneath this sod
A poet lies, or that which once seemed he.
O, lift one thought in prayer for S. T. C.;
That he who many a year with toil of breath
Found death in life, may here find life in death!
Mercy for praise — to be forgiven for fame
He asked, and hoped, through Christ. Do thou the same!

George Gordon Lord Byron

She Walks in Beauty

She walks in beauty, like the night
Of cloudless climes and starry skies;
And all that's best of dark and bright
Meet in her aspect and her eyes;
Thus mellowed to that tender light
Which heaven to gaudy day denies.

One shade the more, one ray the less,
Had half impaired the nameless grace
Which waves in every raven tress,
Or softly lightens o'er her face;
Where thoughts serenely sweet express,
How pure, how dear their dwelling-place.

And on that cheek, and o'er that brow,
So soft, so calm, yet eloquent,
The smiles that win, the tints that glow,
But tell of days in goodness spent,
A mind at peace with all below,
A heart whose love is innocent!

So We'll Go No More a Roving

So we'll go no more a-roving
So late into the night,
Though the heart be still as loving,
 And the moon be still as bright.

For the sword outwears its sheath,
And the soul wears out the breast,
And the heart must pause to breathe,
And Love itself have rest.

Though the night was made for loving,
And the day returns too soon,
Yet we'll go no more a-roving
By the light of the moon.

When We Two Parted

When we two parted
In silence and tears,
Half broken-hearted
To sever for years,
Pale grew thy cheek and cold,
Colder thy kiss;
Truly that hour foretold
Sorrow to this.

The dew of the morning
Sunk chill on my brow--
It felt like the warning
Of what I feel now.
Thy vows are all broken,
And light is thy fame;
I hear thy name spoken,
And share in its shame.

They name thee before me,
A knell to mine ear;

George Gordon Lord Byron · 289 ·

A shudder comes o'er me--

Why wert thou so dear?

They know not I knew thee,

Who knew thee too well--

Long, long shall I rue thee,

Too deeply to tell.

In secret we met--

In silence I grieve,

That thy heart could forget,

Thy spirit deceive.

If I should meet thee

After long years,

How should I greet thee?--

With silence and tears.

They say that Hope is happiness

They say that Hope is happiness;
But genuine Love must prize the past,
And Memory wakes the thoughts that bless:
They rose the first--they set the last;

And all that Memory loves the most
Was once our only Hope to be,
And all that Hope adored and lost
Hath melted into Memory.

Alas! it is delusion all:
The future cheats us from afar,
Nor can we be what we recall,
Nor dare we think on what we are.

Stanzas for Music

There be none of Beauty's daughters
With a magic like thee;
And like music on the waters
Is thy sweet voice to me:
When, as if its sound were causing
The charmed ocean's pausing,
The waves lie still and gleaming,
And the lull'd winds seem dreaming:

And the midnight moon is weaving
Her bright chain o'er the deep,
Whose breast is gently heaving
As an infant's asleep:
So the spirit bows before thee
To listen and adore thee;
With a full but soft emotion,
Like the swell of summer's ocean.

Stanzas written on the Road between Florence and Pisa

Oh, talk not to me of a name great in story;

The days of our youth are the days of our glory:

And the myrtle and ivy of sweet two-and-twenty

Are worth all your laurels, though ever so plenty.

What are garlands and crowns to the brow that is wrinkled?

'T is but as a dead-flower with May-dew besprinkled.

Then away with all such from the head that is hoary!

What care I for the wreaths that can only give glory?

Oh Fame! — if I e'er took delight in thy praises,

'Twas less for the sake of thy high-sounding phrases,

Than to see the bright eyes of the dear one discover

She thought that I was not unworthy to love her.

There chiefly I sought thee, there only I found thee;

Her glance was the best of the rays that surround thee;

When it sparkled o'er aught that was bright in my story,

I knew it was love, and I felt it was glory.

Written After Swimming from Sestos to Abydos[1]

If, in the month of dark December,

Leander, who was nightly wont

(What maid will not the tale remember?)

To cross thy stream, broad Hellespont!

If, when the wintry tempest roared,

He sped to Hero, nothing loath,

And thus of old thy current poured,

Fair Venus! how I pity both!

For me, degenerate modern wretch,

Though in the genial month of May,

My dripping limbs I faintly stretch,

And think I've done a feat today.

But since he crossed the rapid tide,

According to the doubtful story,

To woo --and --Lord knows what beside,

And swam for Love, as I for Glory;

'Twere hard to say who fared the best:

Sad mortals! thus the gods still plague you!

He lost his labour, I my jest;

For he was drowned, and I've the ague.

When a man hath no freedom to fight for at home

When a man hath no freedom to fight for at home

Let him combat for that of his neighbours;

Let him think of the glories of Greece and of Rome,

And get knock'd on the head for his labours.

To do good to mankind is the chivalrous plan,

And, is always as nobly requited;

Then battle for freedom wherever you can,

And, if not shot or hang'd, you'll get knighted.

Percy Bysshe Shelley

The Cloud

I bring fresh showers for the thirsting flowers,

From the seas and the streams;

I bear light shade for the leaves when laid

In their noonday dreams.

From my wings are shaken the dews that waken

The sweet buds every one,

When rocked to rest on their mother's breast,

As she dances about the sun.

I wield the flail of the lashing hail,

And whiten the green plains under,

And then again I dissolve it in rain,

And laugh as I pass in thunder.

I sift the snow on the mountains below,

And their great pines groan aghast;

And all the night 'tis my pillow white,

While I sleep in the arms of the blast.

Sublime on the towers of my skiey bowers,

Lightning my pilot sits;

In a cavern under is fettered the thunder,

It struggles and howls at fits;

Over earth and ocean, with gentle motion,

This pilot is guiding me,

Lured by the love of the genii that move

In the depths of the purple sea;

Over the rills, and the crags, and the hills,

Over the lakes and the plains,

Wherever he dream, under mountain or stream,

The Spirit he loves remains;

And I all the while bask in Heaven's blue smile,

Whilst he is dissolving in rains.

The sanguine Sunrise, with his meteor eyes,

And his burning plumes outspread,

Leaps on the back of my sailing rack,

When the morning star shines dead;

As on the jag of a mountain crag,

Which an earthquake rocks and swings,

An eagle alit one moment may sit

In the light of its golden wings.

And when Sunset may breathe, from the lit sea beneath,

Its ardours of rest and of love,

And the crimson pall of eve may fall

From the depth of Heaven above,

With wings folded I rest, on mine aëry nest,

As still as a brooding dove.

That orbèd maiden with white fire laden,

Whom mortals call the Moon,

Glides glimmering o'er my fleece-like floor,

By the midnight breezes strewn;

And wherever the beat of her unseen feet,

Which only the angels hear,

May have broken the woof of my tent's thin roof,

The stars peep behind her, and peer;

And I laugh to see them whirl and flee,

Like a swarm of golden bees,

When I widen the rent in my wind-built tent,

Till calm the rivers, lakes, and seas,

Like strips of the sky fallen through me on high,

Are each paved with the moon and these.

I bind the Sun's throne with a burning zone,

And the Moon's with a girdle of pearl;

The volcanoes are dim, and the stars reel and swim,

When the whirlwinds my banner unfurl.

From cape to cape, with a bridge-like shape,

Over a torrent sea,

Sunbeam-proof, I hang like a roof,

The mountains its columns be.

The triumphal arch through which I march

With hurricane, fire, and snow,

When the Powers of the air are chained to my chair,

Is the million-coloured bow;

The sphere-fire above its soft colours wove,

While the moist Earth was laughing below.

I am the daughter of Earth and Water,

And the nursling of the Sky;

I pass through the pores of the ocean and shores;

I change, but I cannot die.

For after the rain when with never a stain

The pavilion of Heaven is bare,

And the winds and sunbeams with their convex gleams

Build up the blue dome of air,

I silently laugh at my own cenotaph,

And out of the caverns of rain,

Like a child from the womb, like a ghost from the tomb,

I arise and unbuild it again.

Ode to the West Wind

I

O wild West Wind, thou breath of Autumn's being,

Thou, from whose unseen presence the leaves dead

Are driven, like ghosts from an enchanter fleeing,

Yellow, and black, and pale, and hectic red,

Pestilence-stricken multitudes: O thou,

Who chariotest to their dark wintry bed

The winged seeds, where they lie cold and low,

Each like a corpse within its grave, until

Thine azure sister of the Spring shall blow

Her clarion o'er the dreaming earth, and fill

(Driving sweet buds like flocks to feed in air)

With living hues and odours plain and hill:

Wild Spirit, which art moving everywhere;

Destroyer and preserver; hear, oh hear!

II

Thou on whose stream, mid the steep sky's commotion,

Loose clouds like earth's decaying leaves are shed,

Shook from the tangled boughs of Heaven and Ocean,

Angels of rain and lightning: there are spread

On the blue surface of thine aëry surge,

Like the bright hair uplifted from the head

Of some fierce Maenad, even from the dim verge

Of the horizon to the zenith's height,

The locks of the approaching storm. Thou dirge

Of the dying year, to which this closing night

Will be the dome of a vast sepulchre,

Vaulted with all thy congregated might

Of vapours, from whose solid atmosphere

Black rain, and fire, and hail will burst: oh hear!

III

Thou who didst waken from his summer dreams

The blue Mediterranean, where he lay,

Lull'd by the coil of his crystalline streams,

Beside a pumice isle in Baiae's bay,
And saw in sleep old palaces and towers
Quivering within the wave's intenser day,

All overgrown with azure moss and flowers
So sweet, the sense faints picturing them! Thou
For whose path the Atlantic's level powers

Cleave themselves into chasms, while far below
The sea-blooms and the oozy woods which wear
The sapless foliage of the ocean, know

Thy voice, and suddenly grow gray with fear,
And tremble and despoil themselves: oh hear!

IV
If I were a dead leaf thou mightest bear;
If I were a swift cloud to fly with thee;
A wave to pant beneath thy power, and share

The impulse of thy strength, only less free

Than thou, O uncontrollable! If even
I were as in my boyhood, and could be

The comrade of thy wanderings over Heaven,
As then, when to outstrip thy skiey speed
Scarce seem'd a vision; I would ne'er have striven

As thus with thee in prayer in my sore need.
Oh, lift me as a wave, a leaf, a cloud!
I fall upon the thorns of life! I bleed!

A heavy weight of hours has chain'd and bow'd
One too like thee: tameless, and swift, and proud.

V
Make me thy lyre, even as the forest is:
What if my leaves are falling like its own!
The tumult of thy mighty harmonies

Will take from both a deep, autumnal tone,
Sweet though in sadness. Be thou, Spirit fierce,
My spirit! Be thou me, impetuous one!

Drive my dead thoughts over the universe
Like wither'd leaves to quicken a new birth!
And, by the incantation of this verse,

Scatter, as from an unextinguish'd hearth
Ashes and sparks, my words among mankind!
Be through my lips to unawaken'd earth

The trumpet of a prophecy! O Wind,
If Winter comes, can Spring be far behind?

The flower that smiles to-day

The flower that smiles to-day
    To-morrow dies;
All that we wish to stay
    Tempts and then flies.
What is this world's delight?
Lightning that mocks the night,
    Brief even as bright.

  Virtue, how frail it is!
    Friendship how rare!
Love, how it sells poor bliss
    For proud despair!
But we, though soon they fall,
Survive their joy, and all
    Which ours we call.

  Whilst skies are blue and bright,
    Whilst flowers are gay,
Whilst eyes that change ere night
    Make glad the day;

Whilst yet the calm hours creep,
Dream thou — and from thy sleep
Then wake to weep.

Mutability

We are as clouds that veil the midnight moon;
  How restlessly they speed, and gleam, and quiver,
Streaking the darkness radiantly! — yet soon
  Night closes round, and they are lost for ever:

Or like forgotten lyres, whose dissonant strings
  Give various response to each varying blast,
To whose frail frame no second motion brings
  One mood or modulation like the last.

We rest. — A dream has power to poison sleep;
  We rise. — One wandering thought pollutes the day;
We feel, conceive or reason, laugh or weep;
  Embrace fond woe, or cast our cares away:

It is the same! — For, be it joy or sorrow,
  The path of its departure still is free:
Man's yesterday may ne'er be like his morrow;
  Nought may endure but Mutability.

Stanzas Written in Dejection

(December 1818, near Naples)

The sun is warm, the sky is clear,

The waves are dancing fast and bright,

Blue isles and snowy mountains wear

The purple noon's transparent might,

The breath of the moist earth is light,

Around its unexpanded buds;

Like many a voice of one delight,

The winds, the birds, the ocean floods,

The City's voice itself, is soft like Solitude's.

I see the Deep's untrampled floor

With green and purple seaweeds strown;

I see the waves upon the shore,

Like light dissolved in star-showers, thrown:

I sit upon the sands alone, —

The lightning of the noontide ocean

Is flashing round me, and a tone

Arises from its measured motion,

How sweet! did any heart now share in my emotion.

Alas! I have nor hope nor health,

Nor peace within nor calm around,

Nor that content surpassing wealth

The sage in meditation found,

And walked with inward glory crowned —

Nor fame, nor power, nor love, nor leisure.

Others I see whom these surround —

Smiling they live, and call life pleasure;

To me that cup has been dealt in another measure.

Yet now despair itself is mild,

Even as the winds and waters are;

I could lie down like a tired child,

And weep away the life of care

Which I have borne and yet must bear,

Till death like sleep might steal on me,

And I might feel in the warm air

My cheek grow cold, and hear the sea

Breathe o'er my dying brain its last monotony.

Some might lament that I were cold,

As I, when this sweet day is gone,

Which my lost heart, too soon grown old,

Insults with this untimely moan;

They might lament — for I am one

Whom men love not, — and yet regret,

Unlike this day, which, when the sun

Shall on its stainless glory set,

Will linger, though enjoyed, like joy in memory yet.

To -- (Music when Soft Voices Die)

Music, when soft voices die,

Vibrates in the memory —

Odours, when sweet violets sicken,

Live within the sense they quicken.

Rose leaves, when the rose is dead,

Are heaped for the belovèd's bed;

And so thy thoughts, when thou art gone,

Love itself shall slumber on.

To Night

Swiftly walk o'er the western wave,
Spirit of Night!
Out of the misty eastern cave,
Where, all the long and lone daylight,
Thou wovest dreams of joy and fear,
Which make thee terrible and dear-
Swift be thy flight!

Wrap thy form in a mantle gray,
Star-inwrought!
Blind with thine hair the eyes of day;
Kiss her until she be wearied out,
Then wander o'er city, and sea, and land,
Touching all with thine opiate wand-
Come, long-sought!

When I arose and saw the dawn,
I sighed for thee;
When light rode high, and the dew was gone,
And noon lay heavy on flower and tree,

And the weary day turned to his rest,
Lingering like an unloved guest,
I sighed for thee.

Thy brother Death came, and cried,
Wouldst thou me?
Thy sweet child Sleep, the filmy-eyed,
Murmured like a noontide bee,
Shall I nestle near thy side?
Wouldst thou me? And I replied,
No, not thee!

Death will come when thou art dead,
Soon, too soon,
Sleep will come when thou art fled;
Of neither would I ask the boon
I ask of thee, belovèd Night,
Swift be thine approaching flight,
Come soon, soon!

When the Lamp is Shattered

I

When the lamp is shattered

The light in the dust lies dead —

When the cloud is scattered

The rainbow's glory is shed.

When the lute is broken,

Sweet tones are remembered not;

When the lips have spoken,

Loved accents are soon forgot.

II

As music and splendor

Survive not the lamp and the lute,

The heart's echoes render

No song when the spirit is mute: —

No song but sad dirges,

Like the wind through a ruined cell,

Or the mournful surges

That ring the dead seaman's knell.

III

When hearts have once mingled
Love first leaves the well-built nest;
The weak one is singled
To endure what it once possessed.
O Love! who bewailest
The frailty of all things here,
Why choose you the frailest
For your cradle, your home, and your bier?

IV

Its passions will rock thee
As the storms rock the ravens on high;
Bright reason will mock thee,
Like the sun from a wintry sky.
From thy nest every rafter
Will rot, and thine eagle home
Leave thee naked to laughter,
When leaves fall and cold winds come.

Ozymandias

I met a traveller from an antique land,

Who said — "Two vast and trunkless legs of stone

Stand in the desert. . . . Near them, on the sand,

Half sunk a shattered visage lies, whose frown,

And wrinkled lip, and sneer of cold command,

Tell that its sculptor well those passions read

Which yet survive, stamped on these lifeless things,

The hand that mocked them, and the heart that fed;

And on the pedestal, these words appear:

My name is Ozymandias, King of Kings;

Look on my Works, ye Mighty, and despair!

Nothing beside remains. Round the decay

Of that colossal Wreck, boundless and bare

The lone and level sands stretch far away."

John Keats

To Autumn

Season of mists and mellow fruitfulness,

Close bosom-friend of the maturing sun;

Conspiring with him how to load and bless

With fruit the vines that round the thatch-eves run;

To bend with apples the moss'd cottage-trees,

And fill all fruit with ripeness to the core;

To swell the gourd, and plump the hazel shells

With a sweet kernel; to set budding more,

And still more, later flowers for the bees,

Until they think warm days will never cease,

For summer has o'er-brimm'd their clammy cells.

Who hath not seen thee oft amid thy store?

Sometimes whoever seeks abroad may find

Thee sitting careless on a granary floor,

Thy hair soft-lifted by the winnowing wind;

Or on a half-reap'd furrow sound asleep,

Drows'd with the fume of poppies, while thy hook

Spares the next swath and all its twined flowers:

And sometimes like a gleaner thou dost keep

Steady thy laden head across a brook;

Or by a cyder-press, with patient look,

Thou watchest the last oozings hours by hours.

Where are the songs of spring? Ay, Where are they?

Think not of them, thou hast thy music too, —

While barred clouds bloom the soft-dying day,

And touch the stubble-plains with rosy hue;

Then in a wailful choir the small gnats mourn

Among the river sallows, borne aloft

Or sinking as the light wind lives or dies;

And full-grown lambs loud bleat from hilly bourn;

Hedge-crickets sing; and now with treble soft

The red-breast whistles from a garden-croft;

And gathering swallows twitter in the skies.

Ode to a Nightingale

1.

My heart aches, and a drowsy numbness pains

My sense, as though of hemlock I had drunk,

Or emptied some dull opiate to the drains

One minute past, and Lethe-wards had sunk:

'Tis not through envy of thy happy lot,

But being too happy in thine happiness, —

That thou, light-winged Dryad of the trees,

In some melodious plot

Of beechen green, and shadows numberless,

Singest of summer in full-throated ease.

2.

O, for a draught of vintage! that hath been

Cool'd a long age in the deep-delved earth,

Tasting of Flora and the country green,

Dance, and Provencal song, and sunburnt mirth!

O for a beaker full of the warm South,

Full of the true, the blushful Hippocrene,

With beaded bubbles winking at the brim,

And purple-stained mouth;

That I might drink, and leave the world unseen,

And with thee fade away into the forest dim:

3.

Fade far away, dissolve, and quite forget

What thou among the leaves hast never known,

The weariness, the fever, and the fret

Here, where men sit and hear each other groan;

Where palsy shakes a few, sad, last gray hairs,

Where youth grows pale, and spectre-thin, and dies;

Where but to think is to be full of sorrow

And leaden-eyed despairs,

Where Beauty cannot keep her lustrous eyes,

Or new Love pine at them beyond to-morrow.

4.

Away! away! for I will fly to thee,

Not charioted by Bacchus and his pards,

But on the viewless wings of Poesy,

Though the dull brain perplexes and retards:

Already with thee! tender is the night,

And haply the Queen-Moon is on her throne,

Cluster'd around by all her starry Fays;

But here there is no light,

Save what from heaven is with the breezes blown

Through verdurous glooms and winding mossy ways.

5.

I cannot see what flowers are at my feet,

Nor what soft incense hangs upon the boughs,

But, in embalmed darkness, guess each sweet

Wherewith the seasonable month endows

The grass, the thicket, and the fruit-tree wild;

White hawthorn, and the pastoral eglantine;

Fast fading violets cover'd up in leaves;

And mid-May's eldest child,

The coming musk-rose, full of dewy wine,

The murmurous haunt of flies on summer eves.

6.

Darkling I listen; and, for many a time

I have been half in love with easeful Death,

Call'd him soft names in many a mused rhyme,

To take into the air my quiet breath;

Now more than ever seems it rich to die,

To cease upon the midnight with no pain,

While thou art pouring forth thy soul abroad

In such an ecstasy!

Still wouldst thou sing, and I have ears in vain —

To thy high requiem become a sod.

7.

Thou wast not born for death, immortal Bird!

No hungry generations tread thee down;

The voice I hear this passing night was heard

In ancient days by emperor and clown:

Perhaps the self-same song that found a path

Through the sad heart of Ruth, when, sick for home,

She stood in tears amid the alien corn;

The same that oft-times hath

Charm'd magic casements, opening on the foam

Of perilous seas, in faery lands forlorn.

8.

Forlorn! the very word is like a bell

To toll me back from thee to my sole self!

Adieu! the fancy cannot cheat so well

As she is fam'd to do, deceiving elf.

Adieu! adieu! thy plaintive anthem fades

Past the near meadows, over the still stream,

Up the hill-side; and now 'tis buried deep

In the next valley-glades:

Was it a vision, or a waking dream?

Fled is that music: — Do I wake or sleep?

On the Sea

It keeps eternal whisperings around
Desolate shores, and with its mighty swell
Gluts twice ten thousand Caverns, till the spell
Of Hecate leaves them their old shadowy sound.
Often 'tis in such gentle temper found,
That scarcely will the very smallest shell
Be moved for days from where it sometime fell.
When last the winds of Heaven were unbound.
Oh, ye! who have your eyeballs vexed and tired,
Feast them upon the wideness of the Sea;
Oh ye! whose ears are dinned with uproar rude,
Or fed too much with cloying melody---
Sit ye near some old Cavern's Mouth and brood,
Until ye start, as if the sea nymphs quired!

On the Grasshopper and Cricket

The Poetry of earth is never dead:
When all the birds are faint with the hot sun,
And hide in cooling trees, a voice will run
From hedge to hedge about the new-mown mead;
That is the Grasshopper's — he takes the lead
In summer luxury, — he has never done
With his delights; for when tired out with fun
He rests at ease beneath some pleasant weed.
The poetry of earth is ceasing never:
On a lone winter evening, when the frost
Has wrought a silence, from the stove there shrills
The Cricket's song, in warmth increasing ever,
And seems to one in drowsiness half lost,
The Grasshopper's among some grassy hills.

Bright star, would I were stedfast as thou art

Bright star, would I were stedfast as thou art —

Not in lone splendour hung aloft the night

And watching, with eternal lids apart,

Like nature's patient, sleepless Eremite,

The moving waters at their priestlike task

Of pure ablution round earth's human shores,

Or gazing on the new soft-fallen mask

Of snow upon the mountains and the moors —

No — yet still stedfast, still unchangeable,

Pillow'd upon my fair love's ripening breast,

To feel for ever its soft fall and swell,

Awake for ever in a sweet unrest,

Still, still to hear her tender-taken breath,

And so live ever — or else swoon to death.

Why did I laugh tonight? No voice will tell

Why did I laugh tonight? No voice will tell:

No God, no Demon of severe response,

Deigns to reply from Heaven or from Hell.

Then to my human heart I turn at once.

Heart! Thou and I are here, sad and alone;

I say, why did I laugh? O mortal pain!

O Darkness! Darkness! ever must I moan,

To question Heaven and Hell and Heart in vain.

Why did I laugh? I know this Being's lease,

My fancy to its utmost blisses spreads;

Yet would I on this very midnight cease,

And the world's gaudy ensigns see in shreds;

Verse, Fame, and Beauty are intense indeed,

But Death intenser -Death is Life's high meed.

Ode on Melancholy

No, no, go not to Lethe, neither twist
Wolf's-bane, tight-rooted, for its poisonous wine;
Nor suffer thy pale forehead to be kiss'd
By nightshade, ruby grape of Proserpine;
Make not your rosary of yew-berries,
Nor let the beetle, nor the death-moth be
Your mournful Psyche, nor the downy owl
A partner in your sorrow's mysteries;
For shade to shade will come too drowsily,
And drown the wakeful anguish of the soul.

But when the melancholy fit shall fall
Sudden from heaven like a weeping cloud,
That fosters the droop-headed flowers all,
And hides the green hill in an April shroud;
Then glut thy sorrow on a morning rose,
Or on the rainbow of the salt sand-wave,
Or on the wealth of globed peonies;
Or if thy mistress some rich anger shows,
Emprison her soft hand, and let her rave,

And feed deep, deep upon her peerless eyes.

She dwells with Beauty — Beauty that must die;

And Joy, whose hand is ever at his lips

Bidding adieu; and aching Pleasure nigh,

Turning to poison while the bee-mouth sips:

Ay, in the very temple of Delight

Veil'd Melancholy has her sovran shrine,

Though seen of none save him whose strenuous tongue

Can burst Joy's grape against his palate fine;

His soul shalt taste the sadness of her might,

And be among her cloudy trophies hung.

When I have fears that I may cease to be

When I have fears that I may cease to be

Before my pen has gleaned my teeming brain,

Before high-pilèd books, in charactery,

Hold like rich garners the full ripened grain;

When I behold, upon the night's starred face,

Huge cloudy symbols of a high romance,

And think that I may never live to trace

Their shadows with the magic hand of chance;

And when I feel, fair creature of an hour,

That I shall never look upon thee more,

Never have relish in the faery power

Of unreflecting love — then on the shore

Of the wide world I stand alone, and think

Till love and fame to nothingness do sink.

The Human Seasons

Four Seasons fill the measure of the year;
There are four seasons in the mind of man:
He has his lusty Spring, when fancy clear
Takes in all beauty with an easy span:
He has his Summer, when luxuriously
Spring's honied cud of youthful thought he loves
To ruminate, and by such dreaming high
Is nearest unto heaven: quiet coves
His soul has in its Autumn, when his wings
He furleth close; contented so to look
On mists in idleness — to let fair things
Pass by unheeded as a threshold brook.
He has his Winter too of pale misfeature,
Or else he would forego his mortal nature.

Ode on a Grecian Urn

Thou still unravish'd bride of quietness,
Thou foster-child of silence and slow time,
Sylvan historian, who canst thus express
A flowery tale more sweetly than our rhyme:
What leaf-fring'd legend haunts about thy shape
Of deities or mortals, or of both,
In Tempe or the dales of Arcady?
What men or gods are these? What maidens loth?
What mad pursuit? What struggle to escape?
What pipes and timbrels? What wild ecstasy?

Heard melodies are sweet, but those unheard
Are sweeter; therefore, ye soft pipes, play on;
Not to the sensual ear, but, more endear'd,
Pipe to the spirit ditties of no tone:
Fair youth, beneath the trees, thou canst not leave
Thy song, nor ever can those trees be bare;
Bold Lover, never, never canst thou kiss,
Though winning near the goal yet, do not grieve;
She cannot fade, though thou hast not thy bliss,

For ever wilt thou love, and she be fair!

Ah, happy, happy boughs! that cannot shed
Your leaves, nor ever bid the Spring adieu;
And, happy melodist, unwearied,
For ever piping songs for ever new;
More happy love! more happy, happy love!
For ever warm and still to be enjoy'd,
For ever panting, and for ever young;
All breathing human passion far above,
That leaves a heart high-sorrowful and cloy'd,
 A burning forehead, and a parching tongue.

Who are these coming to the sacrifice?
To what green altar, O mysterious priest,
Lead'st thou that heifer lowing at the skies,
And all her silken flanks with garlands drest?
What little town by river or sea shore,
Or mountain-built with peaceful citadel,
Is emptied of this folk, this pious morn?
And, little town, thy streets for evermore
Will silent be; and not a soul to tell
Why thou art desolate, can e'er return.

O Attic shape! Fair attitude! with brede

Of marble men and maidens overwrought,

With forest branches and the trodden weed;

Thou, silent form, dost tease us out of thought

As doth eternity: Cold Pastoral!

When old age shall this generation waste,

Thou shalt remain, in midst of other woe

Than ours, a friend to man, to whom thou say'st,

"Beauty is truth, truth beauty, — that is all

Ye know on earth, and all ye need to know."

On First Looking into Chapman's Homer

Much have I travell'd in the realms of gold,

And many goodly states and kingdoms seen;

Round many western islands have I been

Which bards in fealty to Apollo hold.

Oft of one wide expanse had I been told

That deep-brow'd Homer ruled as his demesne;

Yet did I never breathe its pure serene

Till I heard Chapman speak out loud and bold:

Then felt I like some watcher of the skies

When a new planet swims into his ken;

Or like stout Cortez when with eagle eyes

He star'd at the Pacific — and all his men

Look'd at each other with a wild surmise —

Silent, upon a peak in Darien.

To Homer

Standing aloof in giant ignorance,

Of thee I hear and of the Cyclades,

As one who sits ashore and longs perchance

To visit dolphin-coral in deep seas.

So wast thou blind; – but then the veil was rent,

For Jove uncurtain'd heaven to let thee live,

And Neptune made for thee a spumy tent,

And Pan made sing for thee his forest-hive;

Aye on the shores of darkness there is light,

And precipices show untrodden green,

There is a budding morrow in midnight,

There is a triple sight in blindness keen;

Such seeing hadst thou, as it once befell

To Dian, Queen of Earth, and Heaven, and Hell.

On the Sonnet

If by dull rhymes our English must be chain'd,

And, like Andromeda, the Sonnet sweet

Fetter'd, in spite of pained loveliness;

Let us find out, if we must be constrain'd,

Sandals more interwoven and complete

To fit the naked foot of poesy;

Let us inspect the lyre, and weigh the stress

Of every chord, and see what may be gain'd

By ear industrious, and attention meet:

Misers of sound and syllable, no less

Than Midas of his coinage, let us be

Jealous of dead leaves in the bay wreath crown;

So, if we may not let the Muse be free,

She will be bound with garlands of her own.

這一頁屬於你……

明亮的星，但願我如你的堅定
英國浪漫時期詩選

作　　　者　彭斯、布雷克、華茲華斯、柯立芝、拜倫、雪萊、濟慈
選譯、導讀　董恒秀
封面設計　敍事
責任編輯　周宜靜
內頁排版　高巧怡
行銷企畫　林芳如
行銷統籌　駱漢琦
業務發行　邱紹溢
業務統籌　郭其彬
副總編輯　何維民
總　編　輯　李亞南

國家圖書館出版品預行編目 (CIP) 資料

明亮的星,但願我如你的堅定:英國浪漫
時期詩選 / 彭斯等著;李亞南總編輯;董
恒秀選譯.導讀. -- 初版. -- 臺北市:漫遊
者文化出版:大雁文化發行, 2019.08
　面；　公分
譯自:English romantic poetry.
ISBN 978-986-489-354-6(精裝)
873.51　　　　　　　　　108011774

發　行　人　蘇拾平
出　　　版　漫遊者文化事業股份有限公司
地　　　址　台北市松山區復興北路三三一號四樓
電　　　話　(02) 2715-2022
傳　　　真　(02) 2715-2021
讀者服務信箱　service@azothbooks.com
漫遊者臉書　www.facebook.com/azothbooks.read
漫遊者書店　https://www.azothbooks.com
劃撥帳號　50022001
戶　　　名　漫遊者文化事業股份有限公司
發　　　行　大雁文化事業股份有限公司
地　　　址　台北市松山區復興北路三三三號十一樓之四

初版一刷　2019 年 8 月
定　　　價　台幣 420 元
I S B N　978-986-489-354-6　（精裝）